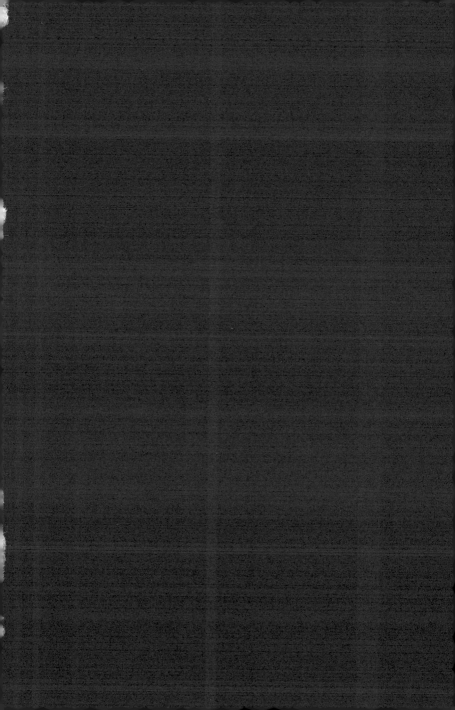

貝谷アキ子 Akiko Kaiya
貝谷京子 Kyoko Kaiya

老いて生きる覚悟

伯母の生きてきた道
私の生きる道

桜山社
SAKURAYAMA SHA

Akiko.Koiga

Akiko Kaiya

プロローグ

貝谷 京子

二〇一六年夏、伯母は戦後ずっと暮らしてきた一宮の地を離れ、生まれ故郷である名古屋市熱田区内にある老人ホームで生活すると決めた。ホームに入居するにあたって、アルバムや本など細々とした持ち物はほとんど処分したようだった。が、ファイル十冊に綴じられた原稿用紙と原稿のデータの入ったハードディスクは、宝物のように部屋に置かれていた。姪である私は、折に触れ伯母の書いた文章を読まされてきたが、何年にもわたって書いてきたであろう原稿が丁寧に残されているのをこのとき初めて見たのだった。その原稿の束を目にして、これは本にまとめるべきだ思った。「私も、いつかは書いた文章を本にしたいと思っとった」と伯母も言った。

私のよく知る伯母は、一人でなんでもやりこなし、おしゃれで、お出かけが好きで、ちょっとした贅沢をする楽しみを知っている人だった。伯母はホームで生活するようになっても、一人でどこにでも外出し、ホームでの暮らしを満喫していた。それでも少しずつ体力の衰えを感じるようになったのか、電話が頻繁にかかるようになった。その伯母の電話に背中を押されるように、出版を決めたのは二〇二〇年の秋。新聞記事で桜山社さんのことを知り、ホームページから自費出版の問い合わせをし、メールで伯母の作品の一部を送った。そのことを伯母に伝えると、その後は伯母自ら代表の江草さんに電話をし、ホームに呼び出し、原稿とハードディスクを自分の手で渡している。

そうして、二〇二一年八月に「戦争と私」（貝谷アキ子著　桜山社刊）を無事に出版することができた。出来上がった本を伯母が手に取り、表紙の写真を眺め、ページをパラパラとめくるのを見たとき、伯母の思いを実現できたと、肩の荷が下りた思いがあった。

ありがたいことに、江草さんが伯母の本をとても大切に思ってくださり、新聞社に紹介してくださったこともあり、三社から取材を受けた。伯母の語りの中から、本には表現されていなかった言葉がポロポロこぼれ出てきた。録音したわけでもなく、その内容はすっかり忘れてしまったけれど、私の心のうちはモヤモヤしていった。私は伯母の書き溜めた文章を全て読むことなく、ハードディスクに保存されたデータの中から、これまで伯母が自分でまとめた私家版のエッセイ集「うみなり」や、エッセイ教室の冊子「オアシス」に発表されたものを中心に拾い出して江草さんに渡しておしまいにしていたのだった。まだ、読んでいない原稿がファイルの中にもハードディスクの中にも残っていた。

伯母の話を聞くにつれ、私自身も伯母の生き方をなんらかの形で表現したいという気持ちになった。まだ読んでいない原稿も含め、伯母の言葉を拾い集めてつないで一つの小説のようにはできないだろうかと。伯母が毎年足を運んだ観音崎にも行ってみたい。熱田魚市場の話や、さらに遡って宮宿の話なども散りばめて、物語を作れないものかと想像を巡らしてもいた。

新聞社の取材が一段落し、その全てが記事になったころ、記事を読んで「戦争と私」を知った在名テレビ局のディレクターから伯母を取材したいと連絡があった。彼の妻が私のボランティア仲間（といっても親子ほど歳は離れている）だったことから、直接私にコンタクトがあったのだ。

私はあまり深く考えることもなく、テレビ局の人に取材を頼まれたけれどどうするかと伯母に聞いた。すでに、新聞の取材を経験していたこともあり、伯母は「私のしゃべるようなことが、テレビに出て何かの役に立つのかな。面白いかね」と言いつつもまんざらでもなさそうだった。ニュースなどで数分放送されるくらいの軽い気持ちで取材をお受けした。その時には、まさか、一年以上もの長きにわたる取材になるとは思っていなかった。

ディレクターの菅原竜太さんは当初、戦前戦中戦後での経験を中心に伯母に質問を投げかけ、取材を進めていた。一方で、私には、伯母の生き方をどう思うかを繰り返し聞いてきた。その度に、自分の思いを語らなければならず、言葉にすることで私はこんなふうに思っていたのかと感じることも多々あった。取材をされる側の気持ちを味わい、新聞社の取材に淡々と言葉を返し、忌憚のない物言いをしていた伯母を改めてすごいと思った。

取材を進めるうちに彼は、伯母の原稿の中から『女と男と私』を見つけ出した。私はそのタイトルを目にした記憶がなく、当然「戦争と私」には採り上げられていない作品だった。内容を読んで愕然とした。なぜその文章を見逃していたのだろうと悔やまれた。その時から菅原さんの取材の矛先は、「戦争」から「仕事」にシフトしていった。私も読みきれていなかった伯母の原稿を、もう一度洗い出さなければならないと改めて思ったのだった。

「戦争と私」が出てから一年と二か月後、「働いた。闘った。」と題して、テレメンタリーという番組の枠でドキュメンタリーが全国放送された。その中で、伯母は「書きたい」と語っており、私は伯母の書き残した文章から新たに言葉を拾って本にしたいと語っている。ちなみにその番組は、二〇二二年度の貧困ジャーナリズム賞（反貧困ネットワーク主催）を受賞している。
残念ながら、伯母自身はその後自分の文章を綴ることができないまま亡くなったが、こうして伯母の原稿を全て読んだ中から新しく編んだ伯母の作品を、私自身の言葉と共に本にすることができたことを素直に喜びたい。

【伯母の文章について】

※漢字、仮名表記はできるだけ原文どおりにしたが、あきらかな誤字、脱字は訂正し、文意をそこねない程度に手を加えた箇所がある。
※原稿内容は執筆年月当時。伯母の見解によるものもあり、原文どおりにとどめた。
※執筆年月が分かっている原稿は、各項目末に年月日を記載した。
※人名、地名、団体、建物、施設などの固有名詞、常用漢字外の漢字は一部ふりがなを振った。
※名称、地名は執筆年月に当時一般的だった呼称をそのまま使用してある。

老いて生きる覚悟　目次

第七章　一人暮らし

第一章　戦争の時代を生きて

熱田神宮

熱田は私の故郷である。子供の頃は正月の三が日は毎日熱田神宮へお参りに行っていた。着物を着せて貰って、親戚へお年賀に行ってお年玉を貰ったら、もうどこへも行く所がなかったからである。というのは、私の父母は年末ギリギリ迄、家の商売の仕事で忙しかったからである。そのためお正月中近所の友達と毎日、熱田神宮へ遊びに行くより仕方が無かった。私の子供の頃、熱田神宮はお参りに行く所ではなく遊びに行くところだった。

けれども三日の日は、隣の姉妹れい子ちゃんとよね子ちゃんと松坂屋へ遊びに行くことになっていた。小学校三年生から四年生くらいだった。家から松坂屋まで歩いて行くと言うのだ。電車賃の六銭を節約してその六銭で松坂屋前のうどん屋でうどんを食べると言うのである。今から考えるととっても可笑しな話である。それは三人のリーダー格のれい子ちゃんの発想である。我が家から松坂屋まで何キロあっただろう。停留所の数だけでも今指折り数えても十二か所ぐらいはある。もっと近道があったかもしれないが、ただ市電の道を子供の足で歩くのである。

もちろん我が家の両親には内緒である。帰りは市電で帰ったと思う。

私自身はなんとなく秘密めいていてドキドキしながらついて行ったような気がする。松坂屋まで歩いて行って何を買ったか覚えて居ない。私のお年玉は本家《ほんや》や、近くの親類へお年始に行って貰っていて、お財布の中は潤っていたが、隣のれい子ちゃんの家はサラリーマンで近くに親類もなかったのであまりお年玉を貰えなかったかも知れない。子供の私にはそんなことが判る術もなく、松坂屋まで歩いて行くというれい子ちゃんの思いつきに興味があって、ついて行ってしまったのだった。

子供心というものは、今現在の心では理解できないものがある。正月になると何時もそんなことを思い出す。昭和十年と十一年はまだまだそんな時代だったと思う。昭和十二年に日支事変が始まってすぐ戦勝祈願の日参をした。毎晩隊列を作って、熱田神宮へお参りしていた。

拝殿に向かって右折する左角に衛士の建物が今もある。その南側に子供の頃いつも立ち寄った厩があった。皇室から下賜された神馬がいた厩である。そこでは馬の餌にする茹でた大豆が売られていた。それを一銭か二銭お賽銭箱に入れて豆を戴き、馬に与えた。その馬のお下がりを（もちろん馬は神のお使いである）戴いて食べた。味も素気もないので二粒くらいが限度である。その豆は夜中に歯ぎしりをする子供にきくと言われ、癇が強かった弟がよく食べさせられたことを覚えている。毎月一日と十五日に母とお参りに来た時の思い出である。

その当時はトラックなどほとんどなく、運送馬が荷物を運んでいたので馬は珍しいことはなかったが、よく手入れされた馬はおとなしく、手のひらから豆を与えても平気だった。西門の側に小さな馬場があり、朝早くお参りに行くと、運動をさせているところも見ることができた。

戦争が始まった頃いつの間にか馬はいなくなった。

戦争が終わって一宮へ住まいを変えても、初詣でに真清田《ますみだ》神社へ行ったことはなかった。

子供の時のように何事も神様にお願いするような事は無くなった。新家《しんや》の我が家は仏壇こそ無かったが、神棚は厳然としてあったし、毎朝お参りしていたが家を変わってからは神棚すら無くなった。戦争に負けてしまったため神様に対する信頼感が無くなったのかも知れない。

上知我麻神社《かみちかまじんじゃ》

智恵の文殊様といわれ今でも受験シーズンになると参詣者が多いと聞いている。現在は熱田神宮の境内の南端の八剣宮の境内にある。正式の名前は上知我麻神社といわれ、熱田神宮の摂社である。その境内に恵比寿様と大黒様が祀られていて毎年一月五日には五日恵比寿といって早朝より賑わった。

戦災以前は、旧東海道の熱田伝馬町通りの突き当たりにあり、そこを右に曲がると熱田神宮の正門になり、左に曲がると宮の渡しに行く。

私の子供の頃、幼稚園に入園前だったので、昭和六年ごろである。毎月一日、十五日には母と熱田神宮に参詣していた。そして必ず智恵の文殊様の神前に「頭が良くなりますように」とお祈りした。

昭和六年ごろは一九三〇年代の不況の真っ最中だったと思う。熱田神宮へ行く途中、道の角に倒産して閉鎖された建物があった。母は取り付け騒ぎで大変だったこと、私たちの貯金は郵便局に預けてあったので被害を免れたなどその当時の有様を話してくれた。

今、あの時の不況の再現とまで言われているが、まだまだ序の口で今のところ私には実感が湧かない。

あの時の不況は私の幼い実感として、だんだん戦時体制によって解消したような気がする。

今の不況がどんなふうに将来解消されるか疑問だが、あの幼い時の記憶とリンクして心の中で、五・一五、二・二六と暗い事件を思い出すのは、私の幼かった時の思い過ごしだろうか。

その後の、私の記憶を辿ってみると、小学生の頃からよく銀行へお使いさせられた。その時も知恵の文殊様の前は何時も通った。

銀行の窓口は今のように低いカウンターでなくきっと小学生の私は首だけ出して窓口の受付に通帳と印鑑を渡して、いくらいくら下ろしてください、と言っていたと思う。今のようにあまり悪い人はいなかったと見えてそんなことでお使いができていた。

もちろん、「お使いの途中で寄り道はしないこと」とか「知らない人に話しかけられても相手にしないように」とか一応の注意はされ、緊張してお使いの役目を果たしたことは今でもはっきり覚えている。

今のように不景気だ、不景気だと言われると、母と熱田神宮へお参りに行った遠い遠い思い出が蘇ってくる。

熱田祭り

六月五日は熱田神宮の例祭だった。いいお天気だったので何となく思い立って熱田へ向かった。熱田神宮の境内には幼い頃から青春時代の思い出がいっぱい詰まっていた。

熱田祭には私たち年頃の娘は新調した浴衣を着て軽やかに下駄を鳴らし、中学を卒業した男の子は立派な若者らしく、もうその頃貴重な真っ白な薩摩絣をあの当時の母さんは息子のために父さんのお古や、出征している兄さんのお下がりをパリパリに糊を効かせて息子に着せた。黒の絞りの兵児帯を大人らしく腰のあたりにゆったり締めた姿は、私たち娘どもをうっとりさせた。今まで見て居た国防色の制服に汚いゲートル姿と訳が違う。昭和十八年の尚武祭。あれが最後だった。あの年は巻藁舟も出たし仕掛け花火も華々しかった。打ち上げ花火も存分打ち上げられた。あの尚武祭はさまざまな思い出がいっぱいの尚武祭だった。

今年の熱田神宮の境内の有様は木々の佇まいや鳥居、御手洗等は変わっていなかったが、殆どの建物の佇まいは昔の趣は全て原形を残していなかったし、六十八年前の面影など思い出すものは何もなかった。

ただ変わっていないものは、境内にずらりと並んだ露店だった。しかし、外見は布で囲んだ店はあまり変わっていないが、売っているものは昔のものとは全て変わっていた。金魚すくいもなかった。子ども達も浴衣は着ていなかった。

昔は勅使門で六年生が整列して勅使を迎えるという行事があったことも思い出した。官弊大社という言葉もなくなっているから勅使も来ないのだろう。

戦後、総ての事が変わってしまったので、思い出がちぐはぐになって戸惑うことばかりだ。熱田の昔の面影をすっかり変化させてしまった。

東日本大震災が二〇一一年三月十一日だったが、わが家が空襲で焼けたのは一九四五年三月十二日だったので、六十六年と一日目だったことに成る。

今度の震災と戦争とはその成り立ちや被害の性質から言っても殆ど何の関連性もないが、被害地の情報などを聞いたり見たりすると、期せずして戦争当時の事を思い出す。

私の十歳から十八歳の初々しい人生を葬り去ってしまったのは戦争そのものだった事は紛れもない事実だ。

今でもわが家が焼け崩れていく光景はよく夢に出てくるし、燃えさかる炎に追われてリヤカーに布団を積んで内田橋を渡る時、熱風に布団を堀川の中に飛ばされた有様等、怖い事を思い出す時もある。

母や弟達が一宮に疎開してもしばらくの間は、私は南区の伯母の家から勤め先に通っていた。毎晩のように空襲があり、大荒れの中を生き残ってきたと言える。

メチャメチャ

私が生まれた所は、熱田の魚市場の真ん中だった。太平洋戦争で焼失してしまって、今はもう跡形も無くなっているが、幼かったあの頃を思い出すと今でも懐かしさが込み上げてくる。愉快で懐かしい事が一杯あった。

我が家の前の道路は朝から大賑わいだった。魚屋が魚を仕入れにくる自転車が、我が家の表通りにずらりと並んで停められていた。個人的に自動車など誰ももっていない時代である。我が家の前の側溝間際から、二列にずらりと無数に並んでいた。その向こうを馬車や自動車が走っていた。その当時としては相当広い幹線道路だったろうが、朝の時間だけは魚市場の一部の様になっていた。

その道には自転車の列を縫うようにして、いろんなものを売っている露店もあった。又、その間をいろいろなものを車を曳いて来たり、自転車で売りに来るという、とても無秩序で賑やかな街だった。只その賑やかさは、午前中だけで姿を消してしまっていた。

そんな喧騒の中へ夏になるとまた特別やかましく、「メチャダ。メチャだ！　メチャ。メチャ！」と言いながらリンを鳴らし車を引いた小父さんが来る。アイスクリーム屋さんである。私たち子供は「メチャメチャが来た」と言って母から一銭を貰って、湯飲み茶碗を持ってアイスクリームを買いに行く事にしていた。本来なら一銭分のアイスクリームは赤や黄色や緑の最中の皮のようなものにのせてくれるのだが極彩色のその入れ物はからだに毒だからとの母の考

大正 15 年の熱田、木ノ免町周辺地図　堀川に大瀬子橋が架かり、魚問屋がある
出典 :「名古屋市居住者全図　大正 15 年度新版」

えで、わざわざ湯飲み茶碗を持って行かされた。この習慣は古くは祖母の時代からやっていたのかも知れない。一銭のアイスクリームはさっぱりしていておいしかった。その頃はミルク類は高価だったからだろう。それが、夏休みの朝の楽しみだった。

日支事変（昭和十二年七月）が始まってしばらくは子供から美味しいものをとり上げはしなかったが、太平洋戦争が始まった頃はもうすっかり姿を消してしまっていた。

それから何年経っただろう。終戦から三年くらいは経っていたかもしれない。昭和十三年生まれの弟がまだ小学生の頃だった。名古屋の広小路に『森永』が出来て、本物のサンドウィッチやアイスクリームが食べられると、名古屋の友達から聞いて、美味しいものに飢えていた私は、その弟を連れて、早速、『森永』へ行ってアイスクリームを食べた。

懐かしい美味しい味だった。弟は冷たいアイスクリームを見てびっくりした顔をして、一口食べて「美味しい！　こんな美味しいもの生まれて初めて食べた」と言ったので、私は涙が出そうになるくらい切なくなった。毎日、おやつに『*サトノキ』をかじったり、薩摩芋団子しか食べていない弟の舌には衝撃だったのだろう。

私は子供の頃の「メチャメチャ」を思い出した。

※サトノキ　サトウキビのこと

和傘

雨降りお月さん　雲の陰
お嫁に行くときゃ誰と行く
一人で唐傘さしてゆく
唐傘ないときゃ誰と行く
しゃらしゃらしゃんしゃん鈴つけて
お馬に揺られて揺れてゆく

という童謡は私の好きな童謡の一つだ。

唐傘という傘は近頃見かけない。和傘の一種だろうけれど蛇の目とは違う。番傘という傘もあるが、それとも少し違うような気がする。番傘はこどもの頃、小学校に通うとき使った傘だ。傘の円周の周りに一五糎《センチ》ほどの茶色や緑の色がついていてその中に二か所ぐらい小さな丸が抜いてあってその中に苗字とか名前が書いてあった。

番傘の中には大人用の大判で大体、商店の屋号のような文字が墨黒々と書いてあって、従業員も使っていた。お客さんが急の雨に逢った時、貸してあげる傘で後で返しに行くのが本来なのだったのだろうが、返さずにそのまま使用している人もある。

それがその店の宣伝になるのか平気で使っている。返してくれと催促するという事もなかったらしい。

和傘で美しいのは蛇の目である。綺麗な和服に爪皮のついた高下駄をはいた若い人はもう今では見かけない姿だ。

私はそんな姿をした経験はない。私がそのような年頃になった頃は戦争が激しくなって、それどころではなかったからかも知れない。戦後もそんな風景はすっかり失せてしまっていた。

和傘のある風景で懐かしいのは雨が降りやんで天気が回復した後、家の前の空き地に、空き地がない家は道路にも家中の濡れた傘を一斉に広げて干される風景だ。今のナイロンの洋傘のようにすぐ乾かないので、少なくとも一時間くらいは外の日を当てなければ乾かない。どこの家も外で傘を干すのは今では交通事情もあり考えられない風景だ。昔は家の前が余裕をもって建てられていたからだろう。

女学校に通うには、みんな黒い木綿のこうもり傘だった。市電に乗って番傘を持って乗っている人は見なかったような気がした。

先日バス停でバスを待っている間に雨が降り出した。隣にいた若い奥さんらしい人がこどもが学校の帰りに雨が大降りにならないかと心配していた。このお母さん、傘を持ってお迎えに行くのかなと思って「雨雨ふれふれ」の歌を思い出した。「お迎えに行くの」と言ったら、「いいえ置き傘がしてあるので大丈夫です」と言われた。最近は私たちの頃と違って傘は一人に一本の時代なのだなあと思った。

（二〇一四年七月十一日）

回数券

女学校へ入学して、私専用の市電通学割引回数券というものを買ってもらった。一か月分五十枚綴りで二円だった。普通乗車券が六銭だったが、割引券は四銭だったことになる。グリーンの印刷で表紙には本人の名前が記入してあった。

乗った時は一枚ずつ切り離さずに表紙を乗務員に提示してはさみを入れてもらえと使用上の注意に書いてあったが、一々表紙を見せよと言われたことはなかった。

その切符で乗り換えもできたので、行き先を言うと乗り換え切符をくれた。乗り換え券には市電の系統図が印刷してあって、乗り換えの停留所と降車する停留所にはさみを入れてくれた。

夏休みの八月は買うことがなかったと思うが、七月分は余るので電車通学でない人に分けてあげていた。ひょっとしたら通用期間は3か月だったかもしれない。

その回数券は、セルロイド製のケースを買って貰って入れて持っていた。入学当時はそれが、女学生のステータスのような気がして嬉しかったことを思い出す。その回数券は市電のどこから何処まで乗ってもよかったので、便利だった。早く家に帰ると兄弟の多い私は家の手伝いをさせられるので、上級生になると、時々、わざと回り道をして帰った。

私は広小路を歩くのが大好きだった。大勢連れ立って歩くと不良と見られ、教護連盟という怖い先生方に捕まって問題になるが、私は一人だけで歩くのが好きだったので問題なかったらしい。今でいうと「ねくら」の性格だった。

広小路は今のように銀行や証券会社ばかりではなかったので、大体あの通りの何処にどんな店があるか暗記していた。といってもその店に入って何かを買ったことは一度も無かった。ただ今から考えても相当長い距離を鞄を下げてひたすら歩いていた。学校から栄町を通って、行き着くところは柳橋である。

柳橋から江川線の船方行きに乗って、一番割で降りる。そこからまた歩いて家へ辿り着くという行程である。家へ帰るとへとへとになると思いきや、また母に叱られつつ子守りをしたり、お使いに行ったりである。宿題や勉強は夜になってからしかできなかった。

あの時のことを思い出すとよくからだが保ったなあと思う。それでも私は世間一般もそんなものだろうと疑わなかった。

今の高校生たちを見ると隔世の感がある。公園でのデート風景や、駅でたむろしている子たちを見ると昔の私をいとおしく感じる。

今の私は……。

駅の券売機で一万円札を入れて、名古屋のボタンを押すとお釣りが出てきて、しばらくすると切符が束になって十一枚出てくる。その間券売機が何だかしゃべっている。そんな機械の声を聞き流しながら、お釣りを財布にしまい、束の切符を「これで十一枚もあるのかな」といぶかりながら数え、備え付けの小さい紙袋に入れる。

回数券の今昔物語である。

鯔饅頭《いなまんじゅう》

先日テレビを見て居たら、伊勢湾の近海で鯔《ぼら》が獲れるけれど泥臭くて不味くてとっても食用にはならないと言っていた。

私の子どもの頃、鯔という魚は、大人の魚になると名前が変わるので出世魚と言われていた。白身の魚で淡白で四十糎か、もう少し大きいかも知れない。大味だけど切り身にして塩焼きにしてよく食べた記憶がある。海と川の境目で獲れる魚だったと思う。その子どもは鯔と言われ、十五糎くらいで、秋のお彼岸頃になると、鯔饅頭と言う調理がなされていた。

鯔饅頭とは、魚のはらわたと鰓《えら》を除いた胎に、特製の味噌の餡を詰めて串を打って炭火で焼いて食べるもので、淡白の魚に味噌味が効いて美味しかった。

丁度、秋のお彼岸の少しの間しか出回らなくて、一般的には売っていなかった。我が家では、得意先からの特別の注文を受けて作っていたようだ。

饅頭の餡にする味噌は、愛知特産の八丁味噌に多量の砂糖を入れてねっとりするまで練りあげて煮ていた。それを冷ましてその中に身として銀杏と木耳などを刻んだものを入れていた。その味噌は銅製の筒型の直径八糎程のポンプで鯔の口からお腹へ詰め込んで、それを串刺にして炭火で焼くと出来上がり。

淡白な魚の味に濃厚な味噌味が効いて、美味しかった。けれども、その鯔饅頭のまともな物は家族の口には入らず、お得意様用だった。私たち家族が食する物は企画外れの出来損ないばかりだった。しかし味には少しも支障がなかった。

そのシーズンに残った味噌は、おかずとして食べたり、大根や里芋を煮たりして、ご飯のおかずにして食べたほど美味しかった。

鯔について、面白い記憶がある。それは戦時中それも、末期。挺身隊で軍需工場での、敗戦の数日前だったと思う。工場が全滅してしまっていたので仕事もなく男の工員たちは堀川端に屯して何やらワイワイやっていた。何をやっているのだろうと見に行くと、堀川に叺《かます》を浮かべてその表面を竹竿でぽんぽん叩いているのだ。すると叺の上に鯔がどんどん何匹も飛び乗ってくる。鯔の習性を利用した昔からの漁法だったと思う。工員の誰かがその漁法を承知していて、魚を獲っていたのだろう。その鯔を捕まえて、食糧不足の折、ご馳走の足しにしていたかもしれない。

もう一つ思い出した。鰡や鯔のはらわたの中にお臍という内蔵があって算盤玉のような形をした、鰡のものは三糎くらいあって、塩焼きにして食べると美味しかった。

（二〇一五年十月）

防空演習

毎年九月一日は防空演習だった。九月一日は関東大震災の日だったが、何故か名古屋では毎年その日に防空演習が行われた。

九月一日といえば昔から二百十日と忌み日のように言われ、二百二十日、二百三十日と共に、よく台風が来る日と言われていたらしい。

防空演習は、いつから始まったか知らないが、私の物心ついた頃からすでに行われていた。今となってはその防空演習という言葉は、空々しい間抜けた言葉に思えてならないが、当時は大人のそれも偉い人から下々まで本気で一生懸命やっていた。

防空演習とは敵国から空襲を受けたとき如何にその敵襲を防ぎ、被害を少なく食い止めるかということを前もって想像して行う訓練だと思うが、現実と訓練との落差が如何に大きかったかを実際空襲を経験してみて、バカバカしい絵空事だったことを痛感する。

それにもまして憂鬱だったのは灯火管制だ。電灯に黒い布をかぶせても家の外側の戸を開けていれば光が漏れる。どうしても雨戸を閉めるか、黒い二重のカーテンを閉めなければならない。今のように、種々の素材の布地があれば良いがあの時代そんなものはない。あり合わせの布をつないで黒く染めて二重に縫い合わせたりして、光を通さないようにしなければならない。それに冷房などない。実際Ｂ29から見て小さい隙間から漏れる光がどんなふうに見えるのか、考えてもバカバカしい。しかし、誰もが未経験な事を想像してやることだから仕方がないかもしれない。

何しろ九月一日である。家の中は蒸し暑くてしょうがない。外で夕涼みがしたくても特に子供は外で遊ぶことは許されない。

過去に経験したことのない空襲を想定した訓練である。子供たちはひたすら大人しくしていなければならない。

どうしようもなく、二階の窓からサーチライトが縦横に動き回る美しい夜空をしかしこわごわ眺めて、無理にも眠りにつかなければならない。

空襲という事が学校などで教えられた知識と実際とがまるっきり違っていることを空襲を受けてみて厭というほど思い知らされた。

先ず私が知った我が国の空襲に対する軍備を見たのは、昭和十二年三月から始まった汎太平洋博覧会で我が国の軍備の陳列を見たことである。敵の空襲に備える軍備には先ず高射砲、サーチライト、聴音機、等々厳しい兵器が並べられていた。子供心にこうした兵器で国を守るんだと感心して見ていた。

サーチライトは防空演習の時、夜空を縦横斜めに輝いて、美しかった。あれで敵機を照らし出して高射砲で撃ち落とすのだと思った。聴音機はたくさんのラッパのようなもの、すなわち金管楽器の大きなチューバの様なラッパが沢山ついているもので、いち早く敵機の爆音を聞き取り、敵機の来襲を知る兵器だったらしい。残念ながらその聴音機なるものはあの博覧会会場でお目に掛かっただけで、それ以降お目に掛かったことはない。しかしとってもあでやかで美しかった。丁度、マーチングバンドを見ている様な兵器だった様な気がした。ただ残念なことにはあれが我が国の兵器だったことだ。

ましてや町内会でやるバケツリレーなるものについては何をか況んやである。

戦車

昭和十八年の夏休みの頃、大東亜戦争の戦局はだんだん敗色が濃くなりつつあった。

女学校の五年生だった。もう既に修学旅行は中止になっていた。学校ではどうかして学生生活の思い出として、白馬登山だけは経験させてやりたいという親心から各方面に手配して、実行されることになっていた。しかし戦局は、前年ガダルカナル島を失っていたし、その年の七月九日にサイパン島が玉砕してしまった。サイパン島は日本本土へＢ29が直接空襲可能な基地になる。

そんな緊急事態の為、白馬登山は実行間際になって中止が決まった。

朝、目を覚ましたら窓の外がざわざわしていた。何だろうと二階の窓の障子を開けて下の道路を見てみると二、三人の従者を連れて白麻のスーツ姿の東条首相が歩いていた。急いで階下へ降りてみると母たちも戸口から外を見ていた。「東条さんがお忍びで魚市場の視察らしい」と言っていた。ゴミ箱を見てまだ食べられるものが捨ててあると言ったとか言わないとか。そんな緊迫感があった朝だった。

夏休み返上で千種の兵器補給廠へ一週間の勤労作業。慣れたこととはいいながら、不服を言っても通らない時代だった。いつもの事ながら手弁当、交通費負担で出かけた。

しかし、その日はそんな気持ちを全く払拭してくれた。本廠とは少し離れた機甲班というところに私たち一分隊約十人は配属された。構内の空き地一面に松葉ボタンが咲き乱れていて、戦時中とは思われない楽園のようなところだった。

そこは鈴木という若い曹長さんが一人で管理しているらしく、その他は、おばさんのような人が数人いただけだった。それに格納庫には何百台という乗用車が整列していた。シンガポール陥落の時にフォード自動車から押収したものだった。それに小豆色のパッカードという超高級車が一台あった。それだけでもその当時目を見張る光景だった。

その上驚いた事には映画や写真でしか見た事のない戦車が二両いたのだった。みんな我を忘れてその戦車に走り寄って触れてみた。

「本物の戦車だ！」日本軍の一番小さな戦車で四下部輪というのだそうだ。ノモンハン事件の生き残りだという事と、その時に戦ったソ連軍の戦車はこれよりも数倍大きかったのだという事も曹長さんが話してくれた。

曹長さんはその戦車の天蓋を開けて中を見せてくれた。戦車の中へ入るのに横にドアはなかった。極端にスリム化して、ただ戦うだけのものしかなかった。戦車砲を撃つ兵と操縦する人と二人しか乗れない。もちろんその時、戦車砲などは付いていなかった。

その戦車を曹長さんは構内を縦横に操縦して廻っていた。操縦する方法も至って簡単で、ハンドルらしいものはなく操縦桿があるだけだった。

それ以前に各務原の航空隊で飛び立つばかりの輸送機に乗せて貰った事があった。そのコックピットも殺風景だった。戦争に使う兵器は全てシンプルにして、ただ敵をやっつける機能のみが用意されているんだなあと思った。

私たちは曹長さんに乗せて欲しいとせがんでみたが。曹長さんは「女は乗せられない」ときっぱり断った。私たちは「戦車の中にお伊勢さんのお札が張ってあるでしょう。天照大神は女の神様じゃあないの」とさらに迫ってみたが、受け入れてくれなかった。

とはいっても、私たちに課せられた作業は相当ハードだった。毎日どこかの自動車工場から出来上がったばかりのトラックが午前中に到着する。台数はその日によってばらつきがあったが、出来たてのホヤホヤだった。まずそのトラックのガソリンタンクに「鈴木」という印鑑を押した封印紙をはる。輸送途中にガソリンを抜き取られない為のものらしい。

その後、トラックが戦地に派遣されるのに必要な工具や装備品を積み込むのだ。ジャッキやチェーンブロックとか、こんなものは何に使うのだろうと思えるものを積み込むのだ。中には女の子の力ではもてないようなものもあった。作業中は汗びっしょりで働いた。

しかしあの勤労作業の一週間は楽しかった。戦車には乗れなかったものの、休憩時間は格納庫の中にずらりと並んだフォード製の新車で遊ぶ事が出来たし、敬愛する若い鈴木曹長さんとのトークも楽しむ事が出来たからだった。

一週間が終わった頃、白馬登山中止の事もすっかり忘れ、鈴木曹長殿に対する淡い恋心を残して、補給廠を去った。

二人の若者

『今、名古屋城が燃えている』

昭和二十年六月のある日、B29の空襲に慣らされて、避難するのも倦怠感を覚え、その日は工場の裏側の堀川端の防空壕で空襲をやり過ごしていた。しかし名古屋城が燃え落ちたニュースはその場にいた全員に衝撃を与えた。空を見上げるとＢ29が編隊を組んで意気揚々と南の空へ引上げていく。総てアメリカの意のままに、それも名古屋城まで餌食にして……。編隊で頭上を通過しようとした時、空しい心で上を向いて見送っていた。その人たちの間から、異様な歓声が沸き上がった。何だろうと歓声が上がった方向を見ると、小さな戦闘機がただ一機すごい勢いで上昇してＢ29の編隊を目掛けて全速力で追いすがっているのだ。下界のみんなは固唾をのんでその戦闘機を見つめた。そしてとうとう編隊の最後尾に追いつき、そのうちの一機に体当たりをしたのだ。ほんの一瞬だった。戦闘機の機体は粉々に砕けてしまった。相当な高度の出来事なので搭乗した人の姿は見えなかった。攻撃を受けたＢ29は徐々に速力を落とし編隊から遅れながらうっすら煙を吐いて、南の彼方に消えていった。その場にいた人たちは総てその雰囲気に固唾をのんで見守っていた。みんな言葉を失ってしまっていた。まさに特攻精神を目前に見たのだ。

母の実家は村の南の外れで稲沢の機関庫が見渡せるほど、南は見晴るかす濃尾平野のまっただ中だ。その平野を高い、高い鉄塔が建ちその間に高圧線が横切っていた。今でも現存するかどうかはわからないがその高圧線は中部電力か関西電力かの重要な高圧線だったらしい。

ある日朝から空襲警報が鳴っていた。今日は艦載機だというのだ。

もうそんな事はどうでも良かった。平野の向こうから急にグラマンが現れた。『バリバリバリ……』と機銃掃射だ。「あぶない！」家の中へ飛び込む。すぐ裏の竹藪の竹に銃弾がかすって『カリカリカリ……』何機来ているのかも判らない。次から次へと爆音を立てて通り過ぎる。取れたばかりの大麦の俵の積まれた陰に隠れた。頭を出して外を見てみると、あの高い鉄塔の間の高圧線を地面すれすれにくぐり抜けこちらへ向かってくる。それを弟も従兄弟も見ていた。「うわぁー。まるでサーカスだ」と叫んだ。何という大胆さだったろう。もう勝ち誇ったもののような大胆さだ。軍事設備も何もない非戦闘員の農家に何の目的でそんな機銃掃射をするのかさっぱり判らない。ただ面白半分の若者のパフォーマンスとしか思えない。幸いあちらも、からかい半分のつもりだったらしく犠牲者は出なかった。

遠い、遠い過去の体験だけれどもこの二つの事例は自分のこの目で現実に見た事実だ。そして決して忘れることのできない光景だ。

今の平和の時代に夏が訪れると私の心をよぎる。この若者二人の両極端な姿はあの戦時中の一か月足らずの間に私が体験した事実だった。

負けた国と勝った国という前に戦争というものがいかに愚かしいものだったかとしみじみ感ずる。

戦中戦後の弥次郎兵衛

今年の小学校の同期会で福岡貞三さんが亡くなったと聞いた。もう数年前から同期会に男子は出席しなくなっていた。男子の場合は中心になって動いてくれる人が亡くなったり、体調を悪くして集まらなくなっていた。

大正十五年生まれの私たちの学年は良くも悪くも太平洋戦争に翻弄された年代だった。学齢で言うと、昭和八年に小学校に入学した年代だ。時代の弥次郎兵衛に振り回された年代だった。大正十五年生まれの男性はその前年から実施された兵役の繰り上げで昭和二十年の初めに(多分一月に)徴兵検査を受けていたはずだ。

福岡さんの訃報は他の同級生の亡くなったときと全く違った感傷を覚えた。福岡さんは父の親友の息子さんだったこととは別に特別の感慨があった。

あれは、まだ現役真っ只中だった頃の同期会で、私は彼にこう尋ねた。

「福岡さんは中学は愛知商業だったでしょう。それなのにどうして上級学校は名古屋工業専門学校だったの」と。

彼は誰にも絶対言うなよと前置きして次のようなことをそっと話してくれた。

彼が昭和十九年三月、愛知商業を卒業するに当たって、彼の成績だったら無試験で名古屋商業専門学校（旧名高商）へ入学できた。しかし、戦時の特別措置で上級学校に進んでも文系の学校は徴兵猶予の特典は受けられなかったので、彼はあえて試験を受けて名古屋工業専門学校（旧名高工）へ入学した。名工専は理系のため二年間の徴兵猶予の特典を受けられた。そして、大部分の人は二十年の四月ごろから二等兵として入営し、例外なく新兵として『しごき』の憂き目に遇わされ、二等兵という最下級兵のまま八月の終戦に及んだ。福岡さんはその同級生たちの手前、卑怯な道を選んだと言われる引け目を感じていたと言うのだ。「そんなことがみんなに知れると袋叩きになるような気がして黙っていた」

しかし、その後、学制が替わり、名古屋工業大学となりその大学を卒業し、市内のある精密機械の会社に入社、定年退職時は副社長になった。

その年代は今から考えると総じて幸運な年代といえる。彼らは特別志願をした人を除いて一人も現役の兵士として国外に行っていないし、所謂、敵と面と向かって戦わなかったはずだ。

しかし彼らは、辛うじて生命は取り留めたというものの、その後、総て焦土から立ち上がり、この国の戦後を担い必死になって働いて、再建し、この繁栄をもたらした。この功績は大きいと思う。

背広族

今年になって早々、横山弘子さんの訃報を聞いた。私より三歳年上だった。姉の小学校、女学校のクラスメートで家が近くだったので、私も姉たちの仲間に入れて貰って邪魔にされながら遊んだ。姉たちの存在は子供時代のお手本だった。字を覚えるのも、歌を歌うのも、少女倶楽部を読むにもみんな彼女たちの影響を受けていた。

昭和五十三年になって、戦災以前の懐かしい子供時代の人たちが、集まった。三十年余りの時が過ぎていたので、懐かしさのあまり、涙ぐんでしまった。その時、弘子さんにも遇うことができた。

弘子さんの家は、私の家と同業で、ともに江戸時代から受け継いだ、旧い時代そのままの商売をしていた。

私は「弟妹が多かったので今、食糧事情の悪い熱田へ帰っては飢え死にするかもしれないと、親類に引き止められ、熱田へ帰りたいという切なる願いも叶えられず、とうとう一宮へ居着いてしまったの。おまけにインフレで少しの蓄えも底をついてしまって」と、父の不甲斐なさを嘆くと、弘子さんも「私の家も同じよ。私の父さんだって、旦那衆商売にどっぷり浸かって生きてきた人だから、戦後の闇商売が出来ず、ずーっと売り食い生活だったわ。今では高級住宅地になっている瑞穂区の土地を値上がりする前にみんな手放してしまったのよ。今あれば億万長者なのにね」という話になった。それから私の一つ年下だった照子さんが戦後結核で亡くなったことも聞いた。「貴女も体が弱かったけど、こんなに元気になって、やっぱり田舎に住んでよかったのよ」私たちの会話は絶えなかった。

私たちは、それ以後毎年一回五月ごろになるとその集まりに出席して旧交を温めることが出来た。

弘子さんのお父さんも、私の父も戦時中でも何時でも和服で通してきた人だった。防空演習でもあると致し方なく、当時菜っぱ服と言われたカーキー色の作業服を着た。だから父は背広なんか一着も持っていなかった。結城の着流しに角帯で、時には袴までつけていた。弘子さんのお父さんも、私の父とあまり変わらない生活だったと思う。

ある時、「うちの主人も定年になってね」という話になった。弘子さんのご主人は銀行員だった。話題はご主人の定年後の話になった。「うちの主人ったらね、背広が皮膚にくっついているみたいよ。背広を着ていなくては落ち着かないらしい。こないだもねえ、クリーニングに出したばかりのワイシャツを出させて、キチッとネクタイを締めて何処へ行くのだと思ったら、近所の銀行へお金を出しに行くだけだったの。私がそんな格好までして行かなくてもと言ったら、誰が見ているかわからないから、という答えだったの……。」格式が服装で決まる社会に長く染まっていたご主人の無理からぬ行動だったに違いない。

日本の国は戦後全て変化してしまった。私の住んでいる尾西地方では戦後いち早くガチャ万と言われる繊維産業が隆盛を極め、ある時代の衣生活に貢献したといえる。

戦争を挟んでさまざまなことが変わってしまった。殆どが合理化されて、昔ほど貧富の差がなくなり、背広も大衆化され、男の人の制服のようになった。昔は学校の先生か銀行員か区役所の吏員ぐらいしか見かけなかったが、最近は小中学校の先生は、一歩進んで（進んでいるか、退歩しているか）トレーナーのような格好で授業をしている。

今年は五月になっても弘子さんと遇うことが出来ないなあと思った。

写経

十七日のリミットの時がやってくる。昨日からニュースではその話ばかり流している。私が、戦争は嫌だ、ごめん被ると叫んでみてもどうにもなるものではない。

『九歳の二・二六』を書き上げて、ほっとして投函し、その足で岐阜の美江寺へ写経に向かった。

時間的には少し早いかなと思いながら、家にいて聞きたくないニュースを聞いているよりましと、JRに乗ってしまった。バスも待たずにすぐ乗れた。

私の気持ちは先を急ぐ体勢に凝り固まっていた。なぜか、巷の空気から逃げ出したかった。案の定、写経堂の入り口は閉ざされていた。

寺の玄関で入り口を開けてもらった。もちろん誰も来ていなかった。お堂の中は火の気がなかった。

住職に燈明をともし、焼香の火種も入れてもらった。ひと気のないお堂の中で心を静め般若心経を写し始めた。しかし、どうしても心が落ち着かない。

戦争が始まるのだろうか。心はそちらの方ばかり向く。筆先の滑る音を打ち消すように微かな音が耳元をかすめる。何だろう。マーチの様だが随分昔聞いた音だ。

懐かしい音と違う。悲しい音とも違う。心を静めて筆先に集中しようとするほど、異様な音が聞こえてくる。それが遙かな記憶の向こうから近づいてくる。

「あの音だ」太平洋戦争の初期、毎朝戦争を鼓舞するようにラジオから流されていた。胸が痛む歌詞だ。これは今、ブッシュにもフセインにもなにやら共通するものを感ずる。

たつや忽ち撃滅の
勝ち鬨あがる太平洋
東亜侵略百年の
野望ここに覆す
今、決戦の時来る

そうだ、此の歌（京子注　大東亜決戦の歌）だ。これが今のやりきれない私の気持ちにぴったりのような気がする。少なくとも私にはそう思えた。

と、同時に私の脳裏に過去の戦争の生々しい映像が浮かびあがってきた。我が家が焼夷弾の攻撃を受けた時の映像である。

Ｂ29の魂を揺さぶる不気味な爆音と共に落ちてきた焼夷弾。メラメラと柱に燃え上がった炎。それを消そうとして撫でたら、水に濡らした手袋を通してヌルヌルとした感触、忽ち炎が手袋に引火。燃え上がった手袋を慌てて脱ぎ捨てる。消火をあきらめて、外へ逃げ出す。我が家の焼け落ちる姿。炎にあぶられて舞い上がる父の蔵書……。

文字の乱れを気にしながら、やっとの思いで書き上げる。「為俗名〇〇供養」と書いて、戦争が始まるとまたこの人のような犠牲者が出る、と思いながら、「どうか戦争が始まりませんように」と焼香をして、仏様にお願いする。

しかし、戦争は起こってしまった。最悪の事態だ。毎日のニュースがストレスになって私に覆いかかる。家の中でテレビの映像が数十年前の恐ろしい体験とダブって見える。

今日もニュースは、イラクの戦況から始まる。


（二〇〇三年三月）

風立ちぬ

映画とは長い間遠ざかっていた私は、わざわざ映画館まで出かけて見なくてもテレビで間に合わせていた。それでも別に不自由を感じていなかった。

『風立ちぬ』が来たら見に行かない？」とSさんに誘われていた。名古屋まで行かなければ見ることができないと思っていたところ、イオン木曽川のキリオで見ることができると判って急遽七月二十一日に行くことになった。

風立ちぬは何回も映画化されたり、本も出版されていたらしいが、映画を見たことも無ければ堀辰雄の小説も読んだこともなかったので、今回のアニメの前評判が高かったし、それを機にお目に掛かってみようかと、お誘いを受けたのを幸いに見に行くことにした。

映画は入れ替え制で、私の経験してきた映画館の雰囲気とは全く違っていた。前評判がよい割りには観客席はガランとしていて誰も居なかった。最近の映画館とはこんな物かと驚いた。

海軍の零式戦闘機を開発した堀越二郎の物語が主題で、今風のアニメで美しく描かれていたし、彼のロマンスもさわやかに語られていた。はじめ関東大震災の場面がでてきたので私の生まれる前のことだったが、あの大火災の場面は空襲を思い出させた。

戦時中、ゼロ戦が作られていた三菱重工は、わが家が工員食堂の仕事をしていた。本家の伯母は人手不足を補うため時々現場へ出向いて手伝っていたらしい。小学校の五年生だった頃、内田橋停留所から市電に乗って南陽館停留所で降りて、用事は何だったか忘れてしまったが、その食堂の伯母のところへお遣いに行ったことがあった。工場の入り口の守衛室へ行って用向きを述べ、守衛さんに案内されて伯母のもとへ行った記憶がある。その時、家人から、工場に入ったら、お国の大事な仕事をしている処だから、工場内をうろうろと歩かないようにと、くどくど言われたことを明確に覚えて居る。

堀越二郎が名古屋へ赴任したとき、名古屋駅へ到着した場面で彼の後方右隅に旧名古屋駅だった笹島駅の建物がほんの一瞬見えていたのを私は見逃さなかった。

また、彼が零戦の部品について語っていた場面で、そのかたわらに置いてあった箱に『住友軽金属』と書かれて居たのを発見して、戦時中、女子挺身隊員として働いて居た会社の名前が出てきたのに驚いた。そんなことにも気を遣ってこの映画が作られているのに感心した。

それにもまして彼の研究室には当然とはいえパソコンどころか電卓すらも無く、手元には計算尺しかなかったのを見て、隔世の感があるのを感じた。

零戦が出来上がって、各務ヶ原の飛行場へ運ぶのに牛車を使っていた。陸軍の『隼』も牛車に乗せて運んでいた。牛車はわが家の前の道を通った。私はわが家の前を通る牛車がそんなに大したものを運んで居るとは知らず、毎日毎日見て居た。

映画『風立ちぬ』、私の郷愁を誘うのに充分だった。

大津山丸《おおつさんまる》

エッセイ教室の勉強から帰って、電話機を見ると留守番電話が点滅していた。金曜日は留守だと知らせていたはずなのに誰からの電話かなと思って、ボタンを押してみる。「殉職船員顕彰会のものですが」と言う。全く関係の無いとは言い難いが、余りついでの無い所からの電話である。

「実は、大津山丸に乗っていたという方からお尋ねがありまして……」という事だった。大津山丸なら岡田潔さんが乗っていて戦死した船だ。

電話の話をまとめてみると、ある書物を見たら大津山丸に関係することを書いた記事が載っていて、私のことを知ったので顕彰会へ尋ねてきたというのだ。

その方は、元、大津山丸の乗組員で、現在は札幌に在住していること。名前は『片平』と言って、大津山丸の乗組員で、数少ない生き残りの人だとのこと。顕彰会からは、大津山丸のことや、私の経緯なども手紙で出したと言っていた。

これだけでは遠い昔の出来事のため詳しい経緯がわからないので、改めて面識のある顕彰会の田中さんという女性の方に電話をかけた。電話の主は札幌の人だということを伝え、電話番号も教えていただいた。相手がどんな人物か判らないので、とりあえず直接電話しようと思った。私はインターネットの特典で割安の電話料金で遠方でも電話がかけられるので、電話してみることにした。

顕彰会からの手紙が相手に届く時期を見計らって、三月二日に電話をかけた。片平さんはすぐに電話に出られた。

顕彰会からの手紙が着いているか尋ねてみたが、まだ着いていないと言っていた。やむを得ず突然の失礼を詫びて、電話の経緯を申し上げて、私自身を名乗り、当方の事情で電話料が余りかからないことを説明して、遠距離の電話でもご心配されないようにと、申し上げた。そのため安心されたのか随分雄弁に語られた。

要旨は大津山丸の生き残りであること。それもたった十一人だけだったこと。あの日、昭和二十年一月十三日の米軍の攻撃は空からと潜水艦からとで凄まじかったこと、船団は全滅して一隻も内地へ帰ることができず、おまけに大きな巡洋艦まで犠牲になって沈没してしまったことなど……。

片平さんはじめ十一人はベトナムへ着いて海軍の軍令部で助けられたことなどを、止めどもなく語られ、雄弁にまくし立てられたが、ただ驚かされるばかりだった。

私は今年（京子注・二〇一四年）の五月十五日の追悼式にはぜひ出席していただくようにお願いした。

電話を切った後、直ちに顕彰会へ電話して追悼式の招待状を片平さんに送っていただくように申し上げておいた。

これでやっと私のお仕事のお役目が終わったような気がした。

早速、課題の『ロウバイ』を梅が枝公園へ見に行った。しかし公園のロウバイは既にその色は褪せて目にも哀れになっていた。

代わりに、紅梅と白梅が蕾を大きく膨らませて可愛く咲いていた。

勇敢なる水兵

煙も見えず　雲もなく
風も起こらず　波立たず
鏡のごとき　黄海は
曇りそめたり　時の間に

日清戦争の黄海海戦の歌だ。

小学校の三年生の時の学芸会の六年生の出し物だった。主役の水兵の役を演じた人の名は忘れてしまったが、副官の役は潔さんだった。その劇は終始二人だけで演じられた劇だった。その二人の演技が素晴らしかったので今でもはっきり覚えて居る。

狭い小学校の講堂の舞台と言っても舞台装置も軍艦の甲板の上という設定のもとで二人の演技は総ての観客の心を惹きつけて演じられた。

この劇は必死の怪我を負った水兵が自分の怪我を顧みず、敵戦艦『定遠』を「まだ沈まずや」と叫びながら血潮に染まりながら死んでゆく場面を歌った歌の劇化だった。

この歌は佐々木信綱の歌で黄海海戦の一場面だった。

私は九十歳を過ぎた今でもこの歌を思い出してしまったほど心に焼き付いている。


潔さんは男の子たちのあそびには、めっぽう強く、近所の子供たちのリーダーだった。メンコやビー玉なども強くて、いつもみんなから召し上げていた。しかし、小学校を卒業した時、それを年下の子たちに全部放出していた。

弟はその時『のらくろ』全十巻揃えて貰った。

私には使い古した紙挟みだけしか呉れなかった。その裏には墨黒々と『岡田潔』と書かれていた。なぜこんなものを私に呉れたんだろうと思って、私はその名前を白のラッカーで塗りつぶして女学校を卒業するまで大切に使った。

彼は熱田中学を卒業すると神戸高等商船学校に入学した。この時まだアメリカとは戦争は始まっていなかったが、その年の十二月八日にとうとう戦争が始まってしまった。

高等商船を卒業すると、海軍の少尉に任官するらしかった。子供たちは彼が休暇で帰るたびに彼の弟の案内で部屋へ入れて貰っていた。

彼が最後に帰った時は、海軍中尉の軍服を見せてもらって大興奮して戻ってきていた。その当時の男の子たちはもう他界している。

しかし、私は彼の軍服姿を一度も見たことがない。

出題に『煙』と聞いた時すぐ『煙も見えず』という歌が口をついて出た。

◇「戦争の時代を生きて」　京子の戯言

二〇二二年五月、テレビの取材を兼ねて熱田神宮に行く機会があった。コロナの影響もあり、なかなか外出がままならず、伯母にとっては、数年ぶりの熱田神宮だった。テレビカメラが回っていたこともあってか、南門から本殿に向かう道を車椅子で進みつつ、熱田さんに日参したこと、馬小屋があって神馬がいたこと、二十五丁橋のあたりにロシア砲台があったことなどを伯母は澱みなく語った。砲台は日露戦争で勝った時にロシアから取り上げたものだったのだけれど、戦争中にいつの間にかなくなったらしい。

私は熱田神宮に砲台があったということをそのとき初めて知ったのだった。そういうことを知らされることなく、六十年間生きてきたこと、記憶が危うくなった伯母が、多くの人が忘れてしまっていただろうことをしっかりと記憶にとどめていたことに驚嘆した。父にも聞いてみたところ、ロシア砲台は現在草薙館《くさなぎかん》のあるあたりにあったということだ。遠い昔のことになってしまっていた戦争が、伯母と会って話すようになったことで、頭の中で歴史として学ぶことではなく、我が事として体で感じるものになった。

ここ十数年、堀川端を散歩コースにしている。子どもの頃は殺風景な公園だった大瀬子公園には、魚市場がここにあったということを物語るモニュメントがいくつかできた。「もの」でしかなかったそれらの建造物が、子どもの頃のことを事細かに書かれた伯母の文章を読んだ後にそのあたりを歩くと、秋葉神社の向こうに魚市場が見えてくるような錯覚を覚える。

戦前から戦争末期に至るまでの熱田神宮の様子や、魚市場周辺のできごとが活き活きと語られて、ここに家が建ち並び、その向こうには大きな魚市場が構えていて、漁船が浮かぶ堀川が湊《みなと》になる。戦争が始まる前までの賑やかだった魚市場の様子や、戦争が始まってからもそれぞれの生活の中で精一杯生きていた姿が見てとれる。まるでほんの少し前のできごとのように。

戦争中、大の大人も大真面目にやっていた暑い最中に行われた九月一日の『防空演習』を「空々しい間抜けた言葉に思えてならない」「バカバカしい絵空事だった」と喝破する。今と違って、男女の生き方はずいぶんと違っていただろうが、『二人の若者』『戦中戦後の弥次郎兵衛』『勇敢なる水兵』で、伯母は当時の男の生き様を冷静に語っている。

そして、戦争が終わってもなお、戦争時代を生きた事実を背負い続けてきたことが『背広族』『写経』『風立ちぬ』から読み取れる。終戦から八十年近くが過ぎ

◇◇◇◇◇◇◇◇◇◇◇◇◇◇

たというのに、伯母の心の底にも体の隅々までにも、戦争の時の出来事が澱んで残っていた。同じような澱みは、伯母と同じ時代に生きた人たち全てにのしかかっているのだろうと想像できる。「戦争さえなければ」は、その時代を生きたすべての日本人の想いだったろう。

それなのに今、日本の政府は戦争の準備をしているように思えてならない。

◇◇◇◇◇◇◇◇◇◇◇◇◇◇

第二章　仕事の日々

私の昭和

私は大正十五年八月二十八日に生まれ、大正の年間は百二十日しか生きていなかった。その百二十日間は全く夢現の時だ。その年の十二月二十五日から『昭和』になり六十四年一月まで昭和を生きてきた。

私の生きてきた昭和をきわめて大まかに区分けすると、その大方の三分の一は戦争に明け暮れ、三分の一は戦後の零落期だったし、後の三分の一は仕事に専念してどうにか老後の生活のめどをつけて、昭和が終わったと考えて良いと思う。

更に最初の二十年間を細分化すると、最期の昭和十九年と二十年を除いたら、まあまあ私の人生として一番穏やかなある意味では幸福な時代だったと思う。

しかし、昭和十九年から空襲が始まり、地震があり、悲しい別れがあり、その翌年は空襲と地震がごちゃ混ぜに襲ってきて、とうとう我が家が焼けてしまった。その時の経験は視覚でも触覚でも終世忘れ得ぬ凄まじい経験だった。焼夷弾のどろどろ、ぬるぬるを掴んだときの感触、それが手袋の上から燃え上がった時の恐怖。あの炎が家を劫火に包んで灰にしてしまったのだ。私の幸せなるべき青春だけではなく、過去も何もかも灰にしてしまった。

母の生家の一宮へ逃げて行ってからの通勤の苦しみ、爆撃の恐怖の半年、それからの敗戦が最初の二十年間だった。

その次の二十年間は私自身の戦いの二十年間だった。先ず私にとって一宮がすこぶる相性の悪いところだった。

被災して母の実家の離れに住むようになってからは、終戦後、直ちに会社を解雇になって、両親に反乱し、名古屋で焼け残った伯母の許へ訴えに行ったりしたが、当時ますます熾烈に化した飢餓状態から考えると、私の我が儘など認められそうもなかった。その後、猛威を振るったインフレに苛まれ、私の反乱など問題に成らないほど貧乏のどん底を彷徨う事になった。

まだ幼い弟や妹も居たし、先ず当面の生活を考えなければならない。家計を少しでも助けるため、就職を考えなければならなかった。とはいうものの両親には一宮に何の有力な知り合いもなかった。それに母の生家の周りの人たちは戦前の私の家の豊かさに対して反感さえ持っていた。そのためコネなど全く無かったので、近所の知り合いに頼むより方法が無かった。

それが尾張一宮の駅前にある倉庫会社だった。そこでの私は戦いそのものだった。たとい二年足らずの挺身隊員の就職とはいえ一流の企業に勤務していた私は、その会社の全てが肌に合わなかった。

周りの人たちはみんな愚劣に見えたし、私が目にした帳票そのものが、商業学校を出たばかりの私にも釈然としかねる程幼稚な物だった。後日、識者にそのことを訴えると「大体その当時の中小企業という所はそんな物だ」と言われた。

しかし、経営の人たちは、ふて腐れていた私の心を察してか別の形で使ってくれた。

戦後の乱れた会社の組織を変えるために幹部に社外からそれなりの人材を採用して改革をしつつあったということも後で判った。そのような構造改革の用に私も組み込まれて居たらしい。ある時は自分の仕事以外、名古屋の東京海上保険に出張して、倉庫会社として重要な特殊業務の体裁を整える為、火災保険の勉強に行かせてくれたり、税務署の固定資産の業務に詳しい署員に紹介されて、当時税法上問題だった戦前の焼け残った固定資産の再評価について勉強させてくれた。いわゆるその当時の『女の子』の仕事とは全く違う職務だった。そんな特別扱いの仕事をしていたので周りの従業員たちには快く思われていなかったので苛めの様なことにもあった。

といっても給料などは全く他の人と変わらなかった。その当時の給与体系は男女が別の体系だったので特別扱いすると問題が起きるとか言われていた。残業なども女性には労働基準法とかあって難しい問題が一杯あった。

私は戦前から肺を結核に蝕まれていたので、週一回名大病院へ通院しなければならなかった。当時の専務も結核を患っていたので同病相憐れむという状態で、私の通院を勤務中に許してくれていた。ただ、専務に特別な好意の表れという事は全く気づいていなかった。

年齢からすれば甘美な恋愛物語などの話題も少しぐらいあっても良さそうだったが、専務はいろいろの女性との噂のあった人だったから、私はその面倒な渦に巻き込まれるのを極力避けていたので、病院の先生に淡い恋心を持ったぐらいで過ぎてしまった。

その後ストレプトマイシンなどの特効薬が出来たので命拾いした。その間、戦中からの人たちとの交流が復活しそうだったが、全ての交際は戦争中に途絶えたままになっていた。住友勤務時代の私の所在を確かめるため八方手を尽くしてくれた人もあったようだが、すれ違いの連続で、それらしい縁は繋がらなかった。

ＮＨＫ名古屋の隣の住友商事のＫさんにも色々お骨折りをして頂いた事も、今すぐ隣のビルを見ると少しは胸が熱くなることもあった。

四十歳を過ぎた頃、コンピュータの話題が新聞などの紙面を賑わすようになり、不思議なことに『電子計算機』という言葉が私の頭の中に右往左往していた。その通信教育が始まったので、すぐ、勉強を始めてしまった。年齢的には遅きに失したが、興味のあるまま始めた勉強は後日、私の立場を有利にし、陰になり日向になり支えてくれた。一例として、コンピュータ会社のセールスの口先に乗せられず、導入を失敗せずに済んだことも私の勉強のお陰と自負している。

その次の二十年間は仕事の上では安定して、課長とか次長とか外部的にも責任を取らなければならない立場になったが、報酬の方は全く男女は別格だった。五十歳を目前にしてとうとう私の心は爆発してしまった。と言ってもいい年をしてみんなの前で大見得を切ったりするような事は出来なかった。

私は当時会社の人事を一手に掌握していた副社長と直接交渉に及んだ。私は副社長に如何に訴えるべきかを前日から一言一句を練りに練った。その頃巷では男女雇用機会均等法が話題になりかけていた。

私は副社長に、「五十歳を過ぎてから、会社をクビになってはどこで働くにも行き場所がないのでこのまま定年まで使って欲しいけれども、今の仕事は給料に対して重すぎるので給料に見合う軽い仕事に変えてください。もし私に適当な仕事が無ければ、給料を下げてもいいから下働きか、掃除のおばさんでもいいので定年まで使ってください」と訴えた。副社長は笑って私の話を聴きながら、私の申し出を待って居たように「三十五歳定年制は止めよう」と言ってくれた。

その時点で女性の三十五歳定年制は廃止になった。三十五歳定年近くになっていた女の子たちは喜んでくれた。そのように社内の組織が捻れ状態になっていたのが、その当時の男女の仕事の軽重に矛盾が生じていたのだと思う。

その後はなんの変わりもなく私の仕事は継続した。いつまでも男性の下で男性の言うままに従って仕事をする時代と大分ずれが出来てきたと思う。思い切って副社長と直談判したことによってそんな捻れが少し直った様な気がした。それから、五十五歳になり定年になっても定年延長の辞令をもらった。

五十五歳の時点で、私の引け際も考えて、会社の内情を全て引き継ぐ事の可能な社長の身内の人が、私の仕事の一切を引き受けてくれた。

昭和六十二年四月母が倒れた。母の看病は私が一切を面倒を見ると以前より約束していたので、直ちに会社へ退職を申し出た。会社は取締役になってその後も会社の面倒を見てくれと言ってくれたが、母の看病に専念したいからと言って辞退した。母はその年の十二月に亡くなり、私の昭和は、その後一年あまりで終わりを告げた。そして男女雇用機会均等法も成立した。

厚生年金

昭和十九年の四月頃だったと思う。私たち、その年の一月に入職した女子挺身隊全員が集められた。確か青年学校の教室のようなところで厚生課長から大切な話があるというのだった。その時の話の内容は「厚生年金制度が今年から女子にも適用される事になった。あなたたちは入社の初年度から適用される」という内容だったと思う。

我が家はサラリーマン家庭ではないので、その手の話は全く知識がなかったし、その話を聞いた大部分の人たちも、別に大して理解していなかったようだった。「なにやら給料から引かれるのだそうな」といったぐらいにしか受け止めていなかったと思う。

厚生課長は「あなたたちは幸運だ」というようなことを言っていたけれど、これから先三十年余り未来の事は二十歳にも満たない私たちには想像もつかない事だった。ただ給料からなにがしかの費用を差し引かれるのがなぜ幸運だろうかというぐらいにしか考えていなかった。

国が私たち女性の力を借りなければ戦争に勝てないとばかりに出陣学徒並みの壮行会をしてくれて軍需工場に送り込まれたので、致し方なく働いた。

在学時代の勤労奉仕の延長ぐらいにしか考えていなかったからでもある。月給も全国一律に女学校五年卒は三十三円と決まっていた。それが高いとも安いとも思わなかった。

戦争に負けて、「あなたたちは明日から来なくていい」と言われ、それでも無理やり働かされていたという重圧から解放されたという思いもあり、喜び勇んで会社を辞めてしまったので厚生年金など意識の外だった。

ある日、その後勤めた会社へ熱田の社会保険事務所から、

「貴女は以前勤めていた住友金属で厚生年金の手帳がすでに発行されています。現在持っている手帳は重複していますからお返しください。以後はこの手帳を使用して下さい」というような文面と一緒に厚生年金手帳が送られてきた。

まだあの会社とは戦争に負けてしまっても見えないところで繋がっているのだなと思った。そしてそれが会社を定年退職してからも私の履歴に加算されていることも後で知った。

両親は、特に父は私が何時までも一人でいることを死の直前まで心配していて、私に財産として なにも残してやれなかったことを悔いていていた。

しかしそんな父の心配は杞憂に等しかった事が時を経るにしたがって解ってきた。昭和十九

年に厚生課長が言った事が現実になったのだ。特別贅沢な生活さえしなければ何とか生きていけそうだと解った。

健康保険制度と共に戦時中にできた制度が戦争に負けた後もちゃんと残っていたのだ。そのお陰で、戦時中から引きずってきた結核も治ったし、父が心配していたような人のお世話になるという『その日暮らし』の惨めな生活を背負わなくても良かった。

何とか世界に冠たる近代国家になろうとしていたあの当時の国の意気込みがこんな所にいきていたのだと、あの当時を知っている私の年代にしか解らない幸せを今になって噛みしめている。

倉庫業

昭和二十一年十月に入社したのは倉庫会社だった。

昭和二十一年から四十年あまり勤めた会社である。生きるために一生懸命勤めた仕事だった。倉庫会社とは大体何をする会社だということくらいは、何となく判っていたが、貨物を預かって、お金を貰うという程度のことだった。商業学校出身だったので倉荷証券所いうものがあるくらいは知っていた。しかし、会社の中に入ってみると、その当時は戦時中から継続して実施されていた統制経済の流通形態が行われていた。そんな時代の倉庫業は統制経済のシステムの中に必要とされていた業種だった。

私はそんなことは何も知らないまま入社した。会社自体も、中小企業の中でも極小さな会社だった。私が入社したときは安政生まれの創業者が生存していた。

倉庫業者といえば、土地や建物の固定資産を多く蓄えた地域の資産家の銀行や不動産会社に付属した事業がおきまりのように思うが、我が社の創始者は元々農家の出身で、大地主でも何でもなかったらしい。その証拠に所有の土地は一宮の西部に点在していて、面積も大きいもので一カ所が三百坪足らずしかなかった。初代は江戸時代から明治時代の経済状態の変革を先読みして、東海道線の誘致に奔走して開通するとすぐに駅の隣に運送店を開業したという先駆者だった。倉庫業もそんな運送業の片手間に作ったのだそうだ。それが戦時中から統制経済の仕組みに巻き込まれ、倉庫業として独立したという訳だ。運送業といっても、戦後私が入社した頃はトラックもなく、専ら運送は荷馬車と荷車でその荷車も犬が何匹も繋がれて曳いていた。

そんなことなど全く知らず入社してきた私は、社長はじめ資本家側の上層部に「少し変わった女の子」と思われて女の子らしくない仕事を命じられた。

名古屋の東京海上火災保険会社名古屋支店に行って、倉庫会社としての火災保険の事務手続きを教えて貰った。前もって先方の担当者に連絡してあったようで、倉庫業は保険会社にとって重要な顧客らしく丁重に取り扱ってくれたので驚いた。

また、税務署にも固定資産の再評価について特別に説明を聞きに行ったことがあった。少し難しかったが、私でも理解できたので、税務署の偉い人も褒めてくれた。再評価というのは戦前買った土地や建物の値段が戦後のインフレのせいでものすごく値上がりしたため、現在の価格に改めて評価し、不自然な値段を改める作業で、その評価によって生じた利益は特別の方法で税金を少なくするということだった。

私が入社する前は経理も古くさいやり方だったので、現在の法人税法に適用できない事ばかりだったらしい。それから色々あって……。

どんな経緯で私が経理の仕事を任されたのか古いことなので忘れてしまった。とにかく気がついたら経理課長になっていた。

男女雇用機会均等法ができる十年以上も前だった。

女と男と私

昭和四十年頃だったと思う。弟から御園座のチケットを貰った。山田五十鈴の新派だった。外題は忘れてしまったが、二階の正面の最前列の中程の席だったことは覚えている。主役の山田五十鈴が花道で演技する時、ライトに照らされた顔がまともに私の方を見つめて、直接語りかけられているように思えた。その色気と言ったら女の私でさえもぞくぞくっとするものを感じた。「女の色気という物はこうなのよ」と言われているようだった。

翌日そんな余韻を楽しみながら出勤した。しかし……。出社した私をまちうけていたのは、意外な出来事だった。

出社と同時に重役室に呼びつけられ、常務に言われた「これから起きることを冷静に受け止めて行動してくれ」私は何が起きたのか現状を把握するのに時間がかかった。

「先ず貴女の身分はそのままだ……」と前置きして昨日から女子社員は三十五歳定年。女子既婚者は全員解雇ということが決まったと宣告された。勿論私は三十五歳をとうに過ぎていた。特例で残るのは私だけだった。重役室を出ると、処分を言い渡された人たちの姿は見受けられなかった。社内は騒然としていた。「軽挙妄動を慎んでくれ」と言われても、何が起こったのかさっぱり判らなかった。全く青天の霹靂である。

前々から会社の業績が落ちていることは知ってはいたが、こんな形で改善されるとは夢にも思わなかった。第一こんなことが今の世のなかに許されていいものだろうかと思った。労働基準法もあり、御用組合とはいえ労働組合もある。誰も何にも言わないのだろうかと思った。鳩が豆鉄砲状態の私は組合の役員に聞いてみた。「何を言われても自分の首の方が危ないからね」という返事しか返ってこない。あんたは無事だったからいいじゃあないかと言わんばかりの冷たい視線さえ返してきた。結局その騒動は女性社員の泣き寝入りでおさまった。私だけが特別扱いだったのである。新憲法時代と言えども中小企業ではそんなことがまかり通っていた。会社の存亡には変えられないというのだ。勿論、男女雇用均等法など影も形もない時代である。危うく難を免れた私にも様々な圧力が覆い被さってくる。全く安泰というわけではなかった。待遇も身分も矛盾ばかりだった「これは人権問題だ」と思っても、私はどういう行動をとっていいかわからなかった。

その後も、中小企業の経営の中枢部に関わっていると、あからさまに会社の浮き沈みが解る。私が勤めていた会社は、一宮市内でも中の中といったクラスの会社だった。当時活発だった繊維産業ではなく、それを支える第三次産業だった。繊維関係はその当時から浮き沈みが激しい産業だった。その浮き沈みをもろに受けるのが私のいた会社の宿命だった。

当時の社長は、昭和二十一年、私が入社した年の十一月にビルマ（今のミャンマー）の激戦地から帰還して三代目の社長になった人だった。

ある日重役室で「社長が動かなくてはこれ以上どうにもならない」深刻な顔を寄せ合ったひそひそ話、社長室へ入っていくと何時も柔和な社長が、厳しい表情をしていた。

先日来の銀行からの厳しい締め付けである。会社の非常事態ということは薄々感じていた。社長に決断を迫ってきていた。

その時、戦時中のあの日のことが思い出された。

「社長さん、社長さんはビルマの戦線で九死に一生を得て帰ってこられたんでしょ。社長さんのお友達も戦死されているんでしょ。その中には社長さんより優秀な人も沢山いたでしょう……」私の口からほとばしった。

私の意志ではない。何かに操られたように、それもしっかりした口調で社長に意見している自分がいた。

その時、私は戦死した彼の最期の言葉を思い出していた。

「僕は男だから行かなければならない」

彼は、アメリカの潜水艦の攻撃を受け這々《ほうほう》の体で生き延びた。

「命令が出たらまた船に乗って戦争に行くの」と言う私の問いに対しての答えだった。

「社長さん勇気を出して頑張ってください。きっと戦死したお友達も応援してくれますよ」といつもなら決して言わない言葉で言った。

「本当だ。そうだ、貝谷さんよく言ってくれた」私はとんでもないことを言ってしまったかも知れないと、自分の席に戻った。

私はその会社に定年の五十五歳を過ぎても勤めていた。そして六十歳を機に自ら職を辞した。社長はその頃には会長になっていた。会社は現在でも立派に存続している。

会社を辞めて何年か経って社長は亡くなった。新盆にそれとなく社長宅へ伺った。

「貝谷さん良く来てくれたわね。貴女だけには話さなければと思っていたわ。主人が間際に『貝谷さんがいてくれなかったら、今の会社は無くなっているかもしれない。貝谷さんのお蔭だ』と言っていましたよ」私はああ、あのことだと思った。

本当なら奥さんにも言えない自分の弱みを私に指摘され、勇気づけられたことを奥さんに語られたのだろう。会長の愛妻家ぶりは社の内外に知れ渡っていたが、その人が奥さんに向かって、今際の際にそういうことを打ち明け、今またそれを奥さんの口から聞くことが出来て、会社に対するわだかまりが、少し和らいだような気がした。

資金繰り

一九八六年退職後、在職中のすべての記憶から遠ざかろうと努力してきた。経理という仕事からすっぱり足を洗いたかった。数字に関することから逃げ出したいつもりで生活上必要な家計簿も一切付けなくなった。数字という柵から脱却しようとしていた。

ほんの腰掛けのつもりで就職した会社に四十年近くも居座ってしまって、その間は女性でしか味わえない屈辱の歳月だった。それでも、ほんの一部の温かい善意の人たちに育まれ、その人たちが私の才能を見抜いてくれて、私の人生の一番美味しいところをあの会社に捧げてしまった。しかし、今振り返ると、女性としては味わえないある種の醍醐味を味わわせて貰ったかも知れないと思う。

それは名誉でもない、勿論、報酬でもない。私にしか判らぬ達成感かも知れない。その一例として、女性として、その時代ではあり得ない事だったが、子会社の資金の管理全般を任されたことである。小規模の会社ではあるが、立派に企業の形態をした会社で、取引先も主に一流の企業だった。営業とは切り離して資金面だけの管理をまかされた。それが私の仕事の総てではなく、従来の本社の業務も引き続き行っていた。

普通の記帳の業務はすべてコンピュータ化されていたので一般の記帳経理と言われる仕事はなくなっていた。

そこで先ず取りかかったのが『資金繰り表』である。上司から「これが出来れば中級程度の会社の経理担当者としての資格は先ず合格点だ」と言われた。資金繰り表のフォーマットは至極簡単でＡ５の用紙を六行（半年）に仕切り一行を一カ月とする。縦の項目ごとに経理の帳簿から書き出した金額や財務諸表から算出した数字を書き込みその表を書き上げるのだ。

初めのうちはその表に入力した数字の関連性が解読できず、毎月の連続性が成立しなくなったが、その表を読み解くことが出来るとなるほどと頷ける。詳細は専門の事柄なので省く。

資金繰り表が出来上がり、上司に合格点を貰うと早速銀行の貸付係に出向き、合格点を貰うことが出来た。と同時にその資金繰り表で金の流れが判り、単に帳簿を記入し、財務諸表を作成し、税金を申告し、納入することだけが経理なのではなく、資本金や借入金を効率よく運営し資金をあたかも血液のように社内循環させ、社内を活発に運営することがわかった。

バブルの時代に銀行に勧められて実力以上に資金を借り入れて景気の変動に操られ、とんだ火傷を負ったりするような事に陥らないようにするためには、本来の金の動きをとことん勉強しなければならない事を教えてもらった。

上司から、重役として残るように言われたが、また、新しい軋轢に立ち向かわなければならないような気がして、潔く老後の年金生活に甘んじようと思った。

丁度、男女雇用均等法が議会を通過した時だった。

高学歴

二月三日は節分、毎年Kさんの家で節分パーティー（私が勝手に命名）がある。今年もやるのかなと思って電話をした。彼女も私と同様一病の持ち主である。

「今年は止めようと思ったら、大変な人が来るって言ってきたのよ」

「誰が来るの？」

「元社長。みんなが宣伝しちゃってねぇ。貴女にも責任の一端があるのよ。貴女のことは我が社のOB会では有名よ」

「へぇー私のことが？」

「貴女が銘酒会でしゃべったでしょう。あれから貴女のことが評判になったのよ」

三年ほど前、彼女の会社のOB会の席で知り合った人達が元重役さんたちだったとは知らず、二・二六事件のことや、昭和初期の大恐慌のことをお喋りしてしまったからだ。

「Eさんも、Oさんも、貴女を呼ぶように言ってたよ。その評判を聞いて今年は元社長も来るって言い出したのよ」

「冗談じゃない。私はホステスでも、コンパニオンでもないわ。お酒も飲めないし、それに病み上がりだし」

「とにかく、体調が無理でなかったら顔だけ出してよ。何も持ってこなくていいから。会社の事務員さんもお手伝いに来てくれるし」

Oさんとは昨年、私が入院する前の「歩こう会」で、歩きながらいろいろお喋りをして、小牧から上飯田の駅まで、更に地下鉄に乗ってもなんだか意気投合してしゃべり続けた。Eさんには、去年の節分パーティーで放送大学に入れと奨められ、何学部ですかと尋ねたら、哲学だと言われたので、数学だったら勉強してもいいとうまく逃げた。そんな人たちに会いたくない理由は見つからなかった。

少し鬱気味だったので気分が晴れるかも知れないと思って、節分の笠寺へ出かけた。

思った通り楽しかった。元社長のKさんという人も『抜刀隊』の長い歌詞を全曲覚えていて、愉快に過ごした。あの時に出席した人たちは殆ど京都大学出だった。

しかし病後のことでもあり、明るいうちにと退出した。Kさんの顔も立てることが出来た。Oさんには、早く元気になって必ず歩こう会に出席するように約束させられた。

帰りの電車の中で「私って何故こんなに高学歴にもてるんだろう」と密かにほくそ笑んだ。

まだ会社に勤めていた頃、繊維関係の業界は随分前から不況が続いていた。ある時、ある財閥系の大会社から、リストラされた人物を引き受けてくれと言ってきた。履歴書を見てびっくり。年は取って居たが、東京大学出身である。「何でまた」と思わぬでもなかったが、他ならぬお得意様からのたっての依頼である。致し方なく子会社の経理課長を担当して貰うことに決まった。しかし、困ったことに本社勤務の経験がないのか、いざ資金繰りになるとさっぱり理解できない。これをやらないと、黒字倒産になる危険性大である。巷の小店主なら何も知らなくても、問わず語りにやっていることだが、大企業に胡座をかいてきた人だけに、そんなことは部下任せだったらしい。財務諸表をまとめたり、分析することはできても、一か月先、三か月先の資金の動きが判らない。これでは本社経理は務まらない。小さいといえども本社である。

私にそれを教えろと命ぜられた。女性であるし、学歴コンプレックスを持っている。高校出たての女子社員に教えるのとは訳が違う。しかし、少し古ぼけたこの大物をどのように料理しようかという興味もある。この難題を見事やり遂げて、男どもの鼻をあかしてやろうとファイトも湧いてきた。

まず作戦を練った。

一．相手のプライドを傷つけないこと。

二．高学歴といえども相手は高齢なので、効果を焦らないこと。

三．容易に妥協して、正論を曲げないこと。

四．全て真心を以って話をすること。

この四条件を胸に秘めて事にあたった。さすがに手強《てごわ》かった。側にいて話を一緒に聞いていた女子社員まで訳も判らずに反発した。その時女の敵は女であることを痛感した。一々細かい経緯は忘れたが、一生懸命好意を以って説得したことは記憶に残っている。そしてとうとう判ってもらえた。周りでことの成り行きを傍観していた男どもは呆れて見ていた。その人も教養のある人だから、あっさり自分の非を認め、それからの仕事はスムーズに進行した。

私は、大きな仕事を成し遂げた満足感を味わった。今まで苦手だった十糎もある細いヒールの素敵なハイヒールを履いてすっくと爽やかに立ち上がった気分だった。

ヘップバーンカット

二十七、八歳の頃だったと思う。私の青春時代を蝕み続けた結核も、抗生物質の出現で次第に影を潜め、心身共にようやく生気を取り戻し、体重も四十キロを超えた頃だった。

今までは髪をアップに結い上げたり下におろして内巻きにしていたが、『ローマの休日』が上映され、私たちはあの可愛いヘップバーンのショートカットの髪型に魅了された。

美容院で「あなたは顔が小さいので似合いますよ」と薦められた。余り流行に飛びついて流される方ではなかったが、あの可愛さと、美容院の薦め上手に惹かれてばっさり髪を切ってしまった。

今までシャンプーをする度に多い髪の始末に手こずったり、カーラーを巻いて寝て痛い思いをしたり、朝起きてから結い上げるのに時間がかかったり、面倒が多かったのに、ショートへヤーにしてしまったら、そんな煩わしさからも解放された。それに私自身はロングよりもショートの方がよく似合う事を発見して、ものぐさな私には打ってつけの髪型だった。

何しろあのころは、現在のように手軽に使えるドライヤーとか色々なおしゃれに関する器具など無かった時代だったので、何かことあるごとに美容院へ駆けつけなければならなかった。

その年の夏、会社から恒例の知多の野間海岸の海の家へ行った。社内のフォトコンテストもやろうという事だったので、その頃流行の安物のカメラを持って出かけた。流行しているというので作ったけれど殆ど着る事のなかったショートパンツとノースリーブのブラウスもバックに入れた。ヘップバーンカットよろしく、思い切り夏を楽しもうと決め込んだ。

野間の海の家で一泊、早朝から灯台まで総勢で散歩に出かけた。磯で遊んだり写真を撮ったり男女併せて二十人余りの若い人達の集団は賑やかだった。

ところが、私が写真の撮影に夢中になっているうちに、一人取り残されてしまった。私の出で立ちは町中では絶対着る事のないショートパンツにノースリーブ。それにヘップバーンカット。それが、カメラを抱えてみんなに追いつこうと走っている。そこへ背後からバイクが近づき、私の側に停まり「乗って行けよ」と声をかけられた。少し躊躇いがないでもなかったが、「いいわよ」と気軽に乗ってしまった。あれよあれよと会社の仲間たちの一群を追い抜いてしまった。今までの私は社内では虫も殺さぬおとなしい人だったのに、みんなの目の前を平チャラで見知らぬお兄ちゃんのバイクに乗って通り過ぎていったのだ。

会社の仲間たちはあっけにとられて見送っていた。そのお兄ちゃんは昨夜、豊橋の在から出てきて、岡崎の花火を見にいって、途中で仲間とはぐれしまった、これから野間でひと泳ぎして岐阜へ行くといった。野間の町中に入ったので「まだ朝ご飯前だから」といって降りると「浜で待っているよ」といって別れて行った。たったそれだけの事だった。

私にとっては初めての経験だった。いわゆる今でいう『ナンパ』というのだったかも知れない。後から宿へ帰った会社の人たちは日頃すましている私の豹変振りに驚きの言葉を浴びせた。今の世相から思うと私の行動は危険きわまる事だったかも知れないが、その当時は連れ去りとか誘拐とか……そんな事は希有の出来事だったので、私自身危険とは露にも思っていなかったが、そんな行動に出た事は初めてだったし、今考えてもどきどきした瞬間だったと思う。

それにしてもヘップバーンカットにショートパンツはどちらかというと引き気味の私の心を遅まきながら目覚めさせてくれ、大胆な行動を取らせたといえる。

鹿鳴館

「貝谷さん、杉村春子の鹿鳴館を見に行かないか」と書類にサインを貰いに常務のデスクの前に行っ時、突然いわれた。

「見に行きたいわ。切符があるんですか」

「一枚しかないんだ。一人でも行くか？」

「名古屋の公会堂でしょ。行きますとも」

「明日だけど、これ上げるよ」というような会話で、あの前評判の高い「鹿鳴館」を見る事が出来るんだ、と切符を手にしながら喜び勇んで席に戻った。以前にも何回か招待用の切符が余ったとかで「妹か友達といってきなさい」と新劇や御園座の切符を貰った事があるが、今回は一枚だけだ。少しいぶかりながら、それでもなかなか手に入らない杉村春子の鹿鳴館だ。「一人でもいいや」別に大して気にもかけずに切符を受け取った。

翌日「貝谷さん、あのなぁ」と奥歯に物の挟まった口ぶりで「実は、あの切符の隣の席は何時も集金に来る料理屋のオカメのような、おばはんくるだろ。あの人が娘を連れて来るんだ。俺は今日、急用が出来て、来られないからといって断って来てくれ」という話だ。

どうも可笑しいと思った。どうにも断り切れない羽目になって、究極の知恵で私を利用したのだと分かった。ここで腹を立てて断ってしまっては、常務の私への信頼を裏切ってしまう事になると思った。

常務は体が弱く四十歳を過ぎても独身だった。容姿といい社会的な地位といい、格好の存在で、今まで素人、玄人織り交ぜて、様々な噂の持ち主だったので、それ相当の手さばきで捌いてきた人だった。

色々問題が起きる度にまたかと思っていたが、今回は少し様子が違っていたのか、何となく追いつめられた様子だった。

敵も然るもの、内堀を埋められたのかも知れない。婚期を逸した娘の未来を託した母親の必死の思いやりが、こういう作戦に出たのかも知れないと思った。

私はある種の覚悟をして公会堂へ行った。果たしてかの女将さんが現れ、私はすこぶる事務的に常務の伝言を伝え、娘さんの方を無視して席に着いた。相手の反応を極力感じないようにして華やかな舞台に見入った。しかしお芝居の内容などには少しも集中できず、ただ早く終わらないかと思い続けていた。美しい舞台衣装も、杉村春子の良く通る声も、別の世界で起きているように思えた。そしてカーテンコールが始まる前に、そそくさと席を立って後ろを見ないで、公会堂を後にしてしまった。全くおかしな体験だった。

翌日常務は「ご苦労様」といっただけで、照れくさそうな顔をしていた。私は何事も飲み込んだという顔をしている自分をさげすむ気分だった。

「宮仕えとはこんなものだ」と自分に言い聞かせた。勿論、この料理屋の女将さんは集金に現れる事はなかった。

常務にしては、使者の役目を他のだれか、例えばバーの女性にでも頼めば忽ち下世話の話題になるだろうから黙って口を噤んでいる私に頼むのが最適だと思ったに違いない。

私の変な「割り込み」の体験である。

懐中時計

女学校の入学祝いに腕時計は買って貰えなかった。友達の中には腕時計を持って通学する人はあったが、中央線などで汽車通学の人が多かったような気がする。

私が入学祝いとして貰ったものはシャープペンシルや、万年筆だった。初めて大人の持ち物のようなものを貰ったので、それだけで少し大人になったような気がして嬉しかった。

ちゃんと名前が彫ってあったのでシャープペンシルといえども、今のものとは格が違って重みがあった。

私が腕時計を意識したのは、戦後暫く経ってからだった。私の住んでいる一宮はガチャマン景気で、特に毛織物関係の人は、こぞってスイス製の『ナンキン虫』と言われる超小型の腕時計をこれ見よがしに身につけていた。

手を洗ったりする時にいちいち外さなくてはならない、面倒なものは要らないやと、痩せ我慢をしていたかも知れないが、兎に角、私には手の届かない存在だった。

暫くして国産にも良いものが出てきたが、一日に一回は、リューズを巻かなければならない時計は、物臭の私には、どうしても馴染めなかった。クォーツ時計が出てきたのはそれからまた時が経ってからだと思う。

会社の永年勤続表彰の制度が出来て、十年勤続の表彰で貰った記念品は、電池式の柱時計だった。今までの柱時計は一週間に一回、決まった時にねじを巻かなければならなかったが電池時計はその点便利だった。

勤続二十年に貰った品は余り覚えていない。三十年勤続の時は腕時計だったが、今まで女性の社員が三十年も勤続した例がなかったので、どんな時計が貰えるのか楽しみだった。出入りの時計屋が来て品定めをさせてくれたが、私も折角頂くものなら自分に望む時計が欲しいと思った。会社から出る予算では思うものがなかったので、私は上司に相談して追い金を出しても良いから、懐中時計が欲しいと申し出た。そしてなにがしの追い金を払って懐中時計を貰うことに決めた。三十年も会社にいると随分わがままが言えたものだと、今になって反省している。その懐中時計は、シンプルなデザインだったが鎖も良い感じの女性向きだった。

もう何回も電池を入れ替え、そのたびに時計屋さんからこれは良い時計ですねと褒められる。私は、自分で買った訳でも無く、純粋に会社からもらった記念品でもない時計は、時計屋さんが褒めてくれる以上に愛着をもって大切にしていた。しかし、最近、得体の知れないケイタイなるものが出現して、全然別の立場で私の必需品になってしまって、私のお供をするようになった。「迷子札のようなものよ」と思って買ったケイタイはポシェットに丁度具合良く納まり、時にはスナップ写真も撮れ、時間を見ようとすれば、時計の代わりにもなってくれる。

可愛がっていた懐中時計も、いつの間にかバックからその居所を追われて、枕元の引き出しに居場所を替えている。多分電池も無くなってしまっていることだろう。

（二〇〇五年六月）

税金

数年前から確定申告がパソコンで出来ることを知った。インターネットで国税局のホームページにアクセスすると、所得税の確定申告の用紙が出てくる。とうとう確定申告もオンライイン化したかと思った。

それまでは、毎年、一月の終わり頃になると税務署から確定申告の用紙が送られてくるので、色々書類をチェックしたり取り揃えて三万円足らずの還付金を振り込んで来ていた。しかし、ここ三、四年は後期高齢者で医療費が一〇%負担に引き下げられたので、医療費の控除額も限度に達しなくなり、それに火災保険料の控除も無くなり、地震保険のみになってしまったので、確定申告の必要が殆どなくなってきた。

ところが数日前、日本殉職船員顕彰会から通知が来て、顕彰会が公益法人の認定を受けたため追悼式にお供えした供花料が、二千円を控除した額が所得控除の対象になるので、来年の一月に領収書及び公益認定書を送るという事であった。やれやれ来年は又確定申告をするのかなあと思った。

『税金』は私の生涯を語るに絶対無視できない言葉だ。しかし、こんな主題でエッセイを書くような機会があるとは夢にも思わなかった。出来ることならこんな出題を除けて通りたかった。しかし、永い年月を経てみると、無視してしまうには、私の人生は『税金』漬けだったと言っても過言ではないと思えるのではないかと反論する気にもなった。

法人の経理という仕事をしていてどうしても避けて通る事の出来ない仕事だった。

それは決して晴れ晴れしいことではないが私にとって忘れることの出来ない仕事だったから

である。

私の勤めていた会社が増資をして資本金一億を超えた時だった。資本金が一億円を超えると税務署の管轄から国税局の管轄になるらしい。そこでその年の五月の中頃、税務担当者の説明会があった。その説明会の通知が私の指名で出席の要請があった。私は驚いて早速上司へ文句を言った。どんな経緯で私に指名されたのか全く解せなかったが、上司に文句を言っても、指名された以上あなたが行くより仕方がないだろうという返事だったので、意を決して出席する事にした。

場所は愛知県庁の隣の名古屋国税局だった。出席者は東海三県と静岡県の全域から、見るからに経理畑という人ばかりで、女性の姿は殆ど見当たらなかった。私の服装は白のカッターシャツに紺のタイトスカートという出で立ちで、なるべく目立たないように最前列に席を取った。しかし、その時のお話は私にとって大変有益な話だった。

昭和六十一年会社を退職するとき税理士さんに挨拶に行った時、税理士さんは「貝谷さんは十年早く生まれすぎたね」と言われた。

枳《からたち》

昭和三十五年一宮市佐千原に小さな家を建てた。佐千原と言っても今伊勢に近く、艶金佐千原工場の直ぐ前だった。そこに二十年余り住んだ。

その艶金佐千原工場の敷地周り全体にからたちが植えられていた。初めて見たときは夏の盛りだったので全体が濃緑色で棘がある植物に覆われた蔓にからまれていた。何の生け垣だろうと思っていたら秋になったら丸いきんかんのような実がなった。そして春になったら白い花が咲いた。

あっ、これがからたちの花だと判った。思わず、北原白秋の詩を思い出した。そして歌ってみた。

からたちの花が咲いたよ
白い白い花が咲いたよ

からたちのとげはいたいよ
青い青い針のとげだよ

詩や歌では知っていたが本物を見たのは初めてだったのでつくづくその歌を味わってみた。

誰かのバリトンの歌が素敵だった。

毎年からたちの生け垣の中に雉のつがいがやって来て『ケーン』と鳴き声を聞かせてくれた。

暮らすにはとても良い環境だとその時は思った。

あの頃は給料が一万円になるかならないかの時代だったが、そんな頃まだ社長になっていなかった会社のBさんに、土地を貸してやるから家を建てよと言われ、女性の身でありながら住宅金融公庫へ出向いてお金を借りて家を建てる事にした。それまで全ての事に消極的だった私は借金という今まで経験したことのない冒険をしてしまった。保証人は地主であるBさんに頼んだ。

戦災のため生きる術も力も失って、日々の生活に追われている両親は全く頼りにならなかったので、自分でどうしても生きて行くと考えた挙げ句の判断だった。若さの勢いだったと思う。

それがどう言う訳か、それ以来貨幣価値がどんどん変わって、勿論、給料も女性とはいえ、今から考えると不思議なほど男性とは一定の格差をつけながらも毎年昇給を重ね、あっという間に借金が目減りしてしまった。

周りのことを気にもせず、必死に生きていた私にとって、今になって見て不思議な時代だった。それ以上に世の中の変化は凄まじいものがあった。

当時、独り暮らしのキャリアウーマンなど存在しなかったが、五十歳を過ぎた頃、田舎住まいの不便さを感じるようになった。隣近所の人との付き合いにも軋轢を感じるようになり、そこへBさんが私の家の土地を買えと言いだした。

そこで改めて自分の未来のことを考えてみた。土地を手に入れても私にはそれを相続する者がいない。たとえ、値段を安く手に入れたとしても、金額は数百万になる。「何だ。その利息でもっと便利な市内でアパートが借りられるではないか」と思った。

貯金の利息でゆうに家賃の払える時代になってしまった。

私は家などほっておいてさっさと今のアパートへ引っ越してしまった。日本の経済の形も驚くほど変わってしまった。当時繊維で鳴らした艶金もとっくに消えて無くなり、そのあとを買ったソニーもあの場所での仕事は辞めてしまった。

『からたち』の生け垣は今はどうなっているだろう。家を引っ越してから一度も行ったことがないから判らない。

秋の空

私は毎日のように新しくなった尾張一宮の駅へ行く。そこの三階にはシビックテラスがあるからである。

シビックテラスとは駅ビル（iビル）の中心に位置する半屋外の広場で、交流と賑わいを創出するiビルの象徴的なスペースで、エレベーターや、一階のコンコースからエスカレーターで直接行くことができる。広さは約千百平方メートルあり、そのうち吹き抜け部分が約七百平方メートルで天井までの高さが十メートル余り、大きな広場のような空間で、そこにはゆったりとテーブルと椅子が何脚も置かれ、誰でも自由に使ってよい場所である。そこから直接、五階の子供図書館や六・七階の中央図書館へエスカレーターで行くことができる。

その半屋外の窓からは一宮市の東側のビル街が三階目線で眺められ、空も大きく広がっている。青い空に雲が浮いている。ビルが三階だったり、十階だったり七階と、種々な形で並んでいる。室内の人々はみんなシルエット。車の騒音も信号の音もみんな下から聞こえてくる。時には救急車の音も通り過ぎて行く。四人席を一人で陣取っても誰にも妨げられない。

思いにふけっていたり、居眠りをしたり、教科書やノートを広げて勉強している学生もいる。床は木のフローリングで、若いお母さんがベビーカーに子供を乗せてきてその板の間へ直に下ろして遊ばせている。子供は板敷の上を這いまわって、知らない子同士仲良しになったり、板の間に転がったりして遊んでいる。いつの間にか隣の席で男性が商談を始めている。

屋外を眺めると、すぐ前の道路沿いの南角は私の勤めていた会社が所有する一宮駅前ビル。一階は三井住友信託銀行。その十階には社長を退いたBさんが毎日を過ごしていた。結核の為に終世独身で過ごした彼は、私とは公私共に少々の関係はあったが立場上、私がどうしても踏み切れず到頭、あやふやに過ごしてしまったという経緯があった。彼が亡くなってから十年近くになるが、あのビルを見ると懐かしい。お互いに距離を置いていたので生々しい話は何もない。

Bさんは戦後あの場所を自転車店や飲食店に貸していたのを苦にして「駅前を美しくしたい」というのが念願だった。私はそのビルの最初の資金計画から手伝った。そして念願のビルが建ってから大分年月がたった。

時々ご機嫌伺いに訪れていた。商工会議所の副会頭になったことや、愛知万博を始める前の一宮市長だった神田さんを愛知県知事に推す話や、その後釜に谷さんを据える話など、何のかかわりもないことを私に何気なく話すことを楽しみにしていたようだ。私もそんな話の相手によく遊びに行った。

Ｂさんが亡くなってから十年近くなる。しかしここからあのビルを見るとＢさんは今のｉビルを見て、たぶん喜んでいるだろうなあと思う。

各々の座席に一人ひとり陣取って想いに耽っている人、居眠りしている人、教科書やノートを広げて勉強している若い人たちもいる。一階の売店で買った「田舎風おむすび、鳥五目」等を、自販機で買ったペットボトルのお茶で頬張ってお腹を満足させる。我が家で黙々と食べるご飯よりずっと美味しくて楽しい。

一宮市は私の為にこんな楽しい場所を作ってくれたと喜んでいる。山の中の静かな雰囲気とは確かに違っている。それとは全く違う都会の中であるが、安全に清潔に過ごす場所に違いはない。不思議な場所である。今は気候のよい秋だからこうして居られるが、冬になったらどうなるかは未知数だから、興味もわく。

開けっ放しの窓の外を鳩がかすめて飛んでゆく。人間様が喜んで遊んでいるのを覗きに来たのかもしれない。外はのどかな秋空が広がっている。

◇「仕事の日々」京子の戯言

伯母が女学校を卒業したのはまだ戦争中だった。昭和十八、九年頃のことなので、戦局はかなり厳しくなっていただろう。女子挺身隊として、住友金属に二年ほど勤めたころに終戦を迎えた。取材を受けていたドキュメンタリー番組の情報として必要だというので、伯母にその時のことを聞いたら、ある日、会社に行ったら「日本は戦争に負けた。明日からはもう来なくていい」と言われたということだった。戦争に負けた後で何もかもがぐちゃぐちゃになっていたから、詳しい経緯なんていうものはわからないと。

改めて伯母の手記を読み返したら『厚生年金』にその時のことが書かれていた。「喜び勇んで」仕事を辞めたと書かれているが、『私の昭和』には終戦直後の厳しい生活状況が描かれているので、どこまで本当なのかはわからない。いずれにしろ、女が働くということにおいては、今では考えられないような時代だったことは確かなのだろう。

伯母が九十歳になって、いよいよ一人暮らしは難しいと悟り、老人ホームに入る決心をした時、たまたま私は仕事をしておらず、時間にゆとりがあったので、伯母のホーム探しに付き合うことになった。自然、伯母と話す機会が多くなり、仕事をしていた当時の話も何度となく聞かされた。仕事自慢の中で一番記憶に残っているのは、財閥系の倉庫会社の運営に関わるような仕事をしたという話で、私が経理の見直しをして、会社の運営を立て直したようなものだ、だから当時の人は私には頭が上がらないのだとよく言っていた。口にすることと、書いて残すこととは別のことだと伯母は思っていたのか、仕事について書かれたどの文章にも、その会社の名前は一切出てこない。

それもまた、伯母の矜持というか気概なのかもしれないと思う。『女と男と私』や『高学歴』などには女の私がこんなに頑張っているのだという想いが溢れているけれど、ただ、男性や権力と張り合うだけではない、働くことに対する考え方が見えてくる。『資金繰り』にある「それは名誉でもない、勿論、報酬でもない。わたしにしか判らぬ達成感かも知れない」という言葉が、伯母の仕事に対する思いを集約しているのではないか。生きていくためにはお金が必要なのだということを身に沁みて知っているからこそ、働くことをきっちりとこなしていかなければならないと、日々遮二無二働いた伯母の姿が目に浮かぶ。

そうはいっても、ただ、仕事に明け暮れただけではない伯母の職場での姿は、『ヘップバーンカット』や『鹿鳴館』から見てとれる。

ホームに入ってからも、ずっとお金のことを心配していた。「まだ、生きとっても大丈夫？」私はその度に「まだまだ大丈夫。おばちゃんは一生懸命働いて、貯金も年金もたくさんあるから、百歳以上生きても使いきれないよ」「そうだ、そうだ。男並みに働いて、最後はそれだけの給料もらっとったからね」と言い、まともに働かずにいる私の行く末を心配して、「私が死んだら、京子ちゃんに全部あげるからね」と何度も言ってくれた。

第三章　家族と過ごした日々

秋立つ日によめる

秋来ぬと目にはさやかに見えねども風のおとにぞおどろかれぬる　藤原敏行朝臣

古今集の中の秋の歌で私の一番好きな歌である。

この歌を思い出すと、戦災で焼けた熱田の我が家を思う。

あの家の佇まいは夏が来ると特に懐かしく思い起こす。

障子が夏向きの簀戸《すど》に取り換えられ、間もなくくる尚武祭を楽しみに待つ季節になる。

ひと夏を過ごして秋風の気配がすると、風向きのせいか、家の裏から表の玄関までさっと風が吹き抜ける。

街中のあまり広くもない家の秋を知らせる風が吹くからだ。

間仕切りの間に掛けられた麻の暖簾がわずかの風と戯れて動く。

「あっ秋が来た」と感じる。あの暖簾の動きが私にいち早く、この歌の秋の訪れを思い起こさせる。

暖簾の下にわざと寝そべって、かすかに吹いてくる秋風を味わうことが大好きだった。そんな季節になると「アッ秋が来た」と、私の乙女心を揺さぶる。

麻と言えば真夏の麻の蚊帳を思い出す。

堀川に近い我が家は街中でも蚊が多く、蚊帳をつらなくては、夏は過ごされない。麻製の濃い緑の蚊帳は夏の風物詩として欠かせないものだが、秋風が訪れるとそろそろその蚊帳ともお別れの季節である。

それと同時にもう直ぐ障子を張り替えるという大仕事の季節の変わり目だ。

障子の張り替えは殆んど母の仕事だが細かい破れの継ぎはぎなど手伝いをさせられる。

そんな事を考えると、少々憂鬱になるが、白い障子に張り替えて冬を迎える気分もまんざら捨てたものではないと思う。

ビードロの魚《いを》おどろきぬけさの秋　　蕪村

この俳句も好きだ。蕪村がガラスの金魚鉢を見ている姿はしゃれていて面白いと思う。蕪村の時代にガラスの金魚鉢があったと思うと不思議な気にならぬでもない。

月見ればちぢに物こそかなしけれわが身ひとつの秋にはあらねど　　大江千里

この歌は百人一首にも入っている有名な歌だ。この歌は私の特に愛する歌の一つだ。

秋になるとどうしても思い出すのは昭和十六年十月に姉が亡くなったことだ。

本家《ほんや》の跡取りとして養女に行った姉だが近くに住んで居たので殆んど姉として育ってきた。優等生だった姉をお手本にして頭が上がらなかった。

結核で亡くなった姉はもう少し長生きしていたら良い薬が出来ていたのにと思うと惜しまれてならない。

秋になるとそんな姉を思い出す。特に何時も御揃いの洋服を買ってもらっていた私にとって、それからは自分の好みで洋服を買わなくてはならない不自由さを当時は感じていた。

それにその秋、姉と同級生だった彼が、神戸高等商船へ入学してしまった。

（二〇一四年十月十八日）

春の歌

『春の歌』と聞いたとき咄嗟に「あっ、あれだ」と思った。

しかし、あの歌を全部知っているかどうか心許なかった。何しろ六十五年以上も昔の事である。何から調べる事が出来るだろうと思案した。本棚の童謡唱歌集を調べてみたが、見つからなかった。

「そうだ、こんな時のホームページだ」

早速パソコンで検索をしてみる。

無数の「春の歌」がぞろぞろ出てくる。新曲から万葉集まで……。これは大変だ。作者でも解ればと思ったが、とても当てずっぽでは出てきそうもない。ままよ、はじめから執念でクリックしてみる。気の遠くなるくらい、クリック、クリック……。時を忘れマウスを押し続けた。すると突然、美しい画面が現れ、あのメロデイが流れた。「やったあ！」歌詞も四番まで綺麗な画面に大きな字で現れた。メロデイは電子音で味も素っ気もなかったが、あの明るい歌を思い出させてくれるのに充分だった。

春の唄

作詞　喜志邦三
作曲　内田元

ラララ　赤い花束車に積んで
春が来た来た　丘から町へ
すみれ買いましょ　あの花売りの
可愛い瞳に　春の夢

この歌は姉が大好きな歌だった。昭和十三年頃のまだ始まったばかりのラジオ番組で発表された歌だったと記憶している。病気療養中ではあったが姉はまだ元気だった。この曲を聴いたとたん、姉の事を思い出してしまった。それほど姉も私も好きな歌だった。

私と姉は普通の姉妹と少し違った境遇で育てられた。姉は生まれた時から伯父の戸籍に入り長女として育てられ、私は普通に我が家の長女として育った。しかし、住んでいる家はすぐ近くだったので、ほとんど姉妹同様だった。近所の人たちも誰に憚ることなく姉妹として扱っていた。

その姉は、昭和十六年十月伯母を始め家族の必死の看病も功を奏せず十八歳の短い命を閉じてしまった。

忌明けが間近になったある日、私は伯母に「これをアキ子の手で始末してほしい」と綺麗な朱塗りの文筐を手渡された。それは姉が生前、便箋や封筒を入れていた文筐だった。「親に認められない人を好きになるとお前もこんな事になる」と言われた。私はその中身が生前、姉の秘密のものが入っていた事を知っていた。姉が文通していた人の手紙と姉の書いた手紙の下書きが入っていた。

私は当時女学校の三年生だったが姉の文通をしている人が伯母から反対されている人だという事を知っていたので、まだ幼さが残っていた私には、伯母の内心が恐ろしいと思えた。しかし母にはそんなことを打ち明けることも出来ず、姉への感傷をも込めて、中身を改めもせず、竈にくべてしまった。その後遺症は相当後まで私の心を傷つけていた。

それから、相手の人も私の知っている久子さんと結婚し、戦中戦後の時を経た。

最近その人も他界してしまった。その後久子さんに会う機会があったので、お悔やみを言ったところ「主人といったら『とみちゃん』を片思いしていてね」と。とみちゃんとは姉のことで、私にしか通じない事を告げた。

私は「片思いではなかったよ」と口の端まで出たが、その言葉はぐっと飲み込んだ。

姉が大好きだったこの歌を、美しい花の景色に彩られたホームページ上に見て、太平洋戦争の直前に特効薬ストレプトマイシンの恩恵も受けずにこの世を去った姉を思った。

京都の鬼

子供の頃と言っても、私の記憶の中に残るもっとも幼い部類に属する時代のことだ。記憶も曖昧だし、心の片隅に少しだけ残っている鬼だ。

母は子供を十人も生んでいるがその上、体が弱かったのかよく病院へ入院した。その都度私たち子供は親戚に預けられた。私を預かってくれるのは私より一周り年上の『ふうみねえ』という遠い親戚のお姉さんがいる家だった。私が四才頃のことなので『ふうみねえ』には丁度よいおもちゃ相手として格好だったかも知れない。私もそのお姉さんの寝物語が好きだったので、時々泊まりにいったこともあった。

ある時の話は、大江山の酒呑童子の話だった。多分渡辺綱《わたなべのつな》というお侍が酒呑童子を退治しに行って片手を切って持って帰ってきたら、後でおばさんに化けてやってきてその片腕を取り返しに来たという話だったと思う。そんな話を小さな子供の私に言葉巧みに怖がらせ乍ら話してくれた。

それからしばらくして、伯母と姉と私は京都の親戚から祇園祭のお呼ばれに行くことになった。私は汽車に乗ったのが嬉しくてたまらなかった。その頃、東海道線は滋賀と京都の間には逢坂山トンネルという相当長いトンネルがあった。そのトンネルを通るときは蒸気機関車だから煙が入らないように夏でも窓を閉め切った。外が真っ暗になった。その異様さにあの鬼の話を思い出した私は、途端に恐怖の虜になって「怖い。怖い」と言ってワアワア泣き出してしまったらしい。

それ以後のことは私の記憶に全くないが、姉の話によると、その晩の祇園の宵祭りに、姉たちは見物に出かけたが私は泣き寝入ってしまっていたそうだ。そのことは私の記憶には全く残っていなかったが、私が聞いた鬼の話を全く知らない姉はよく泣き虫だった私のことを母たちに話した。そして、何時も私の臆病のことになると姉はその話を持ち出して笑いの材料にしていた。

その姉も数え年十九歳で亡くなってしまった。勉強のことも、遊びのこともすべて姉の影響を受けて育った私は、その後、弟ばかりの中で戸惑うばかりだった。

それに、昭和二十年三月十二日の空襲でB29という忌まわしい残忍な鬼のために、近くに住んでいてある時はうるさいと思った親類も、かけがえない幼友達も一夜のうちに離散してしまった。このことは私の十八歳というまだ熟し切らない人生に衝撃的なダメージを与えてしまった。あの時の鬼はなまじっかな豆では追い払えない鬼だった。

（二〇〇四年一月）

節分

その日は、引き売りの八百屋が柊の枝、豆殻の束、鰯の丸干しを届けてくれる。母は豆殻の中からなるべく太い木を選んで先を鋭く削る。それに鰯の頭を刺して、七輪で豆殻を焚き「何焼く、か焼く、鰯の頭をやあしく焼く」と大声で唱えて炙る。「鰯の焼ける美味しそうな匂いが立ち込めるとそれに誘われて、鬼たちが、お戸口の外に集まってくるんだよ」そんな頃から私は、日暮れと共に恐ろしいものが迫ってくる予感に怯えていた。お戸口の外に柊の枝と、丸干しの頭の串刺しとが竹筒に差される。鰯の焦げる匂いに誘われて鬼どもはそれぞれの家近くまでやってくる。弟たちは、その鬼をやっつけるチャンスが来たと気勢を上げている。

豆が煎られ、一升枡に入れられて、神棚に供え、燈明をともしてお参りし、夕食をすませると、いよいよ豆まきである。

近所の魚問屋の番頭さんや若い衆たちの元気な「鬼は外！」が聞こえてくる。早くしないとあの大きな声に脅かされて、大勢の鬼たちが、みんな我が家の方へ来てしまうような気がして気が気ではない。

我が家の第一声は父の神棚の前の「福はうち！」から始まる。それに続いて、弟たちの「福はうち！」が家中を暴れ回って豆を撒く。

窓やお戸口でひときわ大声で父の「鬼は外！」の声で、あらかじめ少し開けておいた戸を「ぴしゃん」と閉めるのが私である。その時家の外に居るであろう鬼の顔を見ないように、目をつむって電光石火、思い切り戸を閉める。二階の窓から、玄関まで鬼を一匹たりとも入れるまじと閉める。

あとは歳の数だけ豆を食べて節分の行事は終わる。私の幼い節分の記憶である。

あの頃の我が家の前の広い道路は、トラックや、荷馬車も通り人通りもかなりあったが、日が暮れると人通りもまばらになり、それぞれの家に暗い門灯が灯っているだけになる。特に寒い寒の内は、毎晩、寒参りの日蓮宗の修行僧が団扇太鼓を叩いて大声でお経を唱えて通ったり、禅宗の雲水が数人托鉢をして通る。それが子供の私にとって何となく不気味だった。早く節分が来て寒が明けるといいなあと思っていた。

節分になると家の周りにいる鬼は豆で追い払われて、一目散に逃げていってしまうと思っていた。また反面、そんな夜は寝床に入ってもなかなか寝つかれなかった。「みんなの家から追い出された鬼たちは、今夜はどこで眠るのだろうか」と考えた。桃太郎の鬼は、鬼ヶ島へ帰れるだろうかとか、酒呑童子は大江山へ、羅生門の鬼は、一寸法師の鬼は……。おとぎ話の鬼たちがわたしの妄想の中で駆けめぐる。早く明日になって欲しいと思いながら夢心地になる。

魚市場の朝は早い。市場と隣り合わせの我が家の表通りは、早朝から賑やかである。家の前には魚を仕入れる魚屋の自転車がところ狭しと並ぶ。昨夜の鬼どもの足跡などまるでない。いろんな露店も並ぶ。にぎやかな活気のある通りである。

昔の我が家の跡は現在、名古屋市の魚市場跡として公園になり、史跡になっている。

誕生日

我が家の誕生祝いはすべて男本位だった。子供が生まれると、「お食い初め」には先ずお膳が整えられた。男の子には足のついた四角いお膳で、それに付随した汁椀、平椀、飯椀などに全部、家紋がついていた。女の子の私のお膳は丸形の三つ足で、お椀類は皆ついていたが、お膳にも、お椀にも家紋はついていなかった。母の説明によると女の子はお嫁入りするので、嫁ぎ先の家紋を入れていただくので紋はついていないと言われた。そのお膳はお正月三が日にはこのお膳でお雑煮を祝い、本人の誕生日にはお膳を出してご馳走になるということだ。ただし誕生日は男の子だけで、女の子の私の誕生日は祝ってもらえなかった。今から思うと不公平きわまりない話だが、戦前の旧憲法時代だからそんな事は普通だった。

しかも私の誕生日は八月二十八日だったのでお祝いをしてもらえないほかにも誕生日は嫌いだった。それはもうすぐ夏休みが終わりそうだったからである。自分の誕生日を余り意識しないようにしていても誕生日が来ると、どうにかして誕生日を乗り越えなくてはならないと思った。のんびり過ごしていた夏休みが終わるのを意識せざるを得なくなる。宿題の追い込みの拍車をかけなくては……。そんな事は別に私の誕生日が偶然にも八月二十八日だけで誕生日の所為にするのは私のただの偏見に過ぎない。しかし、自分の誕生祝いがして貰えないことに因縁を付けて駄駄を捏ねていたような気がする。

しかし、ある時以来、私の誕生日八月二十八日が大好きになった。文学少女でもない私が、女学生になってから生意気にもゲーテの『若きヴェルテルの悩み』を読んでからである。ゲーテの難解な文章を読んで、ゲーテが判ったわけでは無かった。翻訳文は元々大嫌いな私はその文章をまじめに読んでいなかった。ただゲーテの誕生日が八月二十八日だということを何かの拍子に知ったからである。元々八月二十八日の誕生日が嫌いだった私は、星座が乙女座ということ等他愛もない少女時代のおしゃべりの中に私の誕生日がゲーテの誕生日と同じだということを、友達同士のおしゃべりで言うと何となく箔がついたような気がしていた。

特に会社内の誕生会のスピーチに「私の誕生日はゲーテと同じです」と言う。相当気障ではあるが意表を突いた言葉で、社内の者どもを煙に巻いたり、その場に出席していた社長がその突飛な私の発言を賞賛してくれたこともあった。

それ以来、誕生日の８２８という数字が好きになった。そしてインターネットのアドレスや、ＵＲＬのアドレスに用いている。

南方録

我が家は昭和二十年三月十二日Ｂ29の初めての名古屋夜間大空襲の時焼けてしまった。

昔から浜通りと言われていた道の向こう側で我が家が燃えているのを隣のよねちゃんと二人で見ていた。我が家と隣同士のよねちゃんの家が連なって燃えていた。もう一方の蒲鉾屋の三郎ちゃんの家もみんな炎の塊のようになって燃えていた。

「アキちゃんの家の二階は、お父さんの本が一杯あったので本に火がついた。バラバラ落ちてくるね」と言っていた。

あの中に『南方録』と言う本も燃え落ちていた。何十冊という謡の本も、読みもしないのにただ高価と言うだけで買い集めていた本も数限りなくあった。父が家にある本すべてに目を通したとは思えなかったが。あまり関心のない母でも、二階にはお金で買えない本がいっぱいあると言っていた。

父は歳の離れた兄弟の末っ子で、父親に早くに死に別れたので母親にお金に不自由なく育てられ、体が弱かったせいで当時の商家の慣わしでもあり、学校へは高等科しか行っていなかったが、本だけは和洋漢を問わず買っていた。私が興味本位に本棚から抜き出してみてもゲーテとか何とか訳のわからない本がたくさんあった。

今から考えてみると、学校へ行けない腹いせに本屋で高い本ばっかり買い漁っていたのではないかと、少し大人になりかけた私は、それぐらいにしか父を理解していなかった。


この家が焼けた時から父の人生が変わってしまったと言って過言ではなかった。

あの炎に追われるように我が家は母の生まれた一宮へ移り住んだ。それからの我が家の暮らしは、今までの生活とは全く変わってしまった。収入の道は全く途絶え、物凄いインフレで今までの蓄えもつかの間に底をついてしまった。

なにしろわが父は大正十五年財産相続として受け取った金三千円也を戦後、米が一斗程しか買えなくなるまで定期預金として持っていた人である。でも私たち子供は何とか成人した。

私たち子供はそんな父を持って育った。

物の本によると『南方録』とは千利休が亡くなって百年後の江戸時代に黒田藩士の立花実山が書いたもので利休研究の第一号の書であると記されている。

（二〇一五年七月）

遺産

今から二十年余り前、上の妹が日赤第一病院へ入院したときのことである。

彼女の娘がまだ高校生だったたし、母はもう高齢だったので、拠《よんどころ》なく、母に代わって、勤め先から一週間ほど休暇を取って、付き添い看護に行った。

その頃の看護体制は、お粗末極まるもので完全看護の行き届いた現在とは全く比べものにならなかった。付き添いは朝起きると、雑巾掛けは勿論床のモップ掛けもしなくてはならなかった。おまけに病室が不足していたとみえて、あまり生命に関わりのない病気の妹が、三人の末期癌の患者と同室しなければならなかった。勿論集中治療室もなかった時代だった。

私が付き添いに行った翌日の夕方、隣の談話室に大勢の人が集まって、何やらひそひそ話が始まった。初めの中は何のことだろうと思ってさほど気にもしていなかったが、だんだん声高になり、明らかに財産分与の相談だと解るまでに余り時間がかからなかった。もう余命わずかと告げられた同室の人の親族の集まりだった。瀕死の患者そっちのけの談合だった。

手術を無事終え、麻酔が切れて、苦しんでいる妹にもお構いなく、大声でののしり合っていた。私はその場に居たたまれず、どこかへ逃げ出したい焦燥に駆られていたが、病人をほっておいて逃げ出すわけにもいかず、それよりもじっと痛みを我慢し耐えている妹を思うとやりきれない程、切なかった。

翌日も、その翌日もそんな場面がくり返された。世の中にはそんな争いがよくあると聞いてはいたが、現実に目の前にそんな光景が展開するとは思ってもみなかった。

ようやく相続問題が一件落着した頃、カーテンをへだてたすぐ隣のベッドでひそひそ話。聞くまいと思っても自ずと耳に入ってくる。宝石らしいネックレスや指輪などを持ち出して、誰にあげるかを聞き出している声である。

命のあるうちに渡す人を定めておこうということらしかった。私はまた異様な雰囲気を感じた。生きている人の都合で、間も無く命の終わる人に尋ねるのは過酷なことに思えた。

生きているうちは、少しでも豊かに暮らしたいという欲望で、一生懸命働いて蓄積したり、祖先からの財産を子孫のために残そうと努力してもそれが骨肉相争う原因になるとは皮肉なものである。

終戦と同時に全ての財産を無くしてしまった私には、持たざる者の僻みかも知れないが、父が亡くなって、兄弟九人が何の争いもなく暮らしていることは、分けるべき財産が無かったことに感謝すべきかも知れない。

一週間の看病を終えて、隣の人にお別れを言うと、微かに微笑んで手を振ってくれた。一刻もこんな場所から遠ざかりたくて、家路へ急いだ。と、その私を追いかけるように電話が鳴っていた。抜糸がすんだばかりの妹からである。「今ねえ、隣のOさんが亡くなったの。姉ちゃんがエレベーターに乗るか乗らないかの時に、病状が急変してねぇ」妹の力無い声だった。「だってさっき挨拶して帰ったばかりよ」まだベッドから起き上がれなかったのに、居たたまれなくて、電話口まで来たらしい。あらためて命のはかなさを思った。

小石川

三十年ほど前、下の妹が東京の小石川に住んでいた。東京という所へ一度も行ったことのなかった私はいろいろ理由をつけて妹の迷惑も顧みず、勤めの暇を見つけては、たびたび東京へ行った。もう遠い昔になるので殆ど忘却の彼方になってしまっているが、今思い出すと懐かしい。小石川という所は東京の真ん中にありながら、新宿とか池袋のように変化がなく、近代化から取り残されたようなところだった。今のけばけばしい東京から考えると別世界のように思える。

まず東京駅に着くと、山手線の秋葉原で中央線に乗換え、水道橋で降りた。そんな頃、確か新幹線が国鉄の遵法闘争とやらでダイヤが乱れていたし、現在のように地下鉄が縦横に走っていなかった。近くに後楽園の野球場があることなど少しも知らず、どんどん坂道を上がって妹のアパートに着いた。付近は閑静な住宅地のように思えた。しかし、後で判ったが近くに共同印刷という大きな出版社があるので、近所には書籍関係の内職をしている家が軒並みにあった。坂を下りて商店街へ買い物に行くと、そこには全く前現代の店が並んでいた。例えば、棕櫚《しゅろ》のお座敷箒を製造販売している商店とか、色々な味噌を桶に山盛りにして量り売りしていたり、菓子も量り売りしていた。

けれども八百屋さんで妹が「これ少し負けといて」と一宮根性を出すと、八百屋さんの女将さんが「あんたは名古屋の人だね」と、お里がしれてしまったと言っていた。東京人は値切ったりしないらしい。

住まいのすぐそばに学芸大学付属竹早中学校があったし、『神田川』の歌に出てくるような銭湯もあった。

専業主婦の妹はいろんな所へ連れて行ってくれた。家を少し出たところに播磨坂桜並木があり名前の如く春は桜がきれいに咲いていたが、広い道だったので花見などする人もなく車が勢いよく通りすぎていた。秋はそれが紅葉して美しかった。その道の両側は、その頃ではまだ珍しいマンションが建ち並んでいた。

その道の突き当たりは、現在は東京大学農学部付属植物園となっているが、当時は小石川植物園といっていたと思う。

江戸時代、貧しい町人のための医療施設・小石川養生所もあって『赤ひげ先生』の舞台と言われていた。

構内は植物園とはいっても畑のような所に薬草が栽培されていただけで散歩するにはとてもよい空間だと思った。とても大東京の真ん中とは思えない長閑な所だと思った。

後楽園はまだドームはなく球場だったが、野球に興味のない私は、小石川後楽園へ行った。水戸藩の屋敷跡で立派な庭園だった。回遊式の庭園だったが、池の周りを歩いて見たが、京都の庭園とは少し趣が違っていたし、何よりも近くに競輪場があったらしく、ゴングの音がしきりに聞こえたのには驚いた。

東大へも行った。赤門も見たし、三四郎池にも行った。構内はものすごく広い。安保闘争のテントとか看板でごちゃごちゃしていたような気がする。ここが天下の秀才が集まって勉強する所なんだと思ったが、只、ただ広い所で何々学部とかいう建物が並んでいて、別に何の感慨も沸かなかった。しかし、大学の外へ出ると明治時代の小説に出てくる文士が住んでいたような佇まいが至る所に見られた。今現在はどんな変わり方をしているか、一度いってみたいと思う。近いうちに『ブラタモリ』のテレビにでも出てくるかも知れない。

初日の出

元旦の朝ホームページの更新に夢中になっていてつい日の出の時刻を過ごしてしまった。十分過ぎていた。外は既に明るかった。今年は日の出が太平洋側ではよく見えると昨日の予報でいっていたのに……。

元日は体調が良かったので、真清田神社へ初詣でに行った。一宮駅まで戻ったらまだ元気が残っていた。ままよと神宮前行きの切符を買ってとうとう熱田の弟宅へたどり着いた。例によって例のごとくご先祖さまに新年の挨拶をして、これまで恙《つつが》なく生きてこられたことに感謝した。

姪が宮の渡しで撮ったという初日の出の写真をデジカメの画面で見せてくれた。宮の渡しの灯籠をシルエットに配して、新堀川を上流に向かい内田橋から昇る初日の出だった。辺りの景色は全く変わってしまっていたが懐かしい景色だった。日の出も素敵なシャッターチャンスで撮られていた。「幼稚園をあの橋を渡って通っていた」と思わず言ってしまった。弟以外は誰も知らない光景だ。懐かしさがこみ上げてきた。

当日帰宅して東浦の妹に電話したら、初日の出の報告。知多半島の東海岸より、三河湾越しに、渥美半島を望む初日の出を見に行ったという話。今まで見たことのない素敵な初日の出だったとのこと。風が冷たく早々に帰ったと言っていた。

翌日、神奈川県の横須賀の弟に電話した。そこで初日の出の話題で持ちきりだった。弟一家で三浦半島の先端まで初日の出を拝みに行ったというのである。俳句を嗜んでいる弟の奥さんが、初日の出の吟行にと一家で出かけて、三浦半島の先端付近まで行ったら、素晴らしい初日の出を見ることが出来たそうである。

三浦岬のすぐ東は浦賀水道が通り遥か対岸は房総半島だ。電話を聞きながら心の中で地図を開いてみる。

「初日の出、素晴らしかったわ。あんな真赤な太陽初めて見たわ。海に映ってもの凄く美しかったわ。生まれて初めての太陽だったわ。感極まるってあいうことね。それにまだ凄いのよ。振り返ったら相模湾越しに、富士山がはっきり浮かんで見えるのよ。それも思ったよりずっと大きくて、その姿は神々しいのよ」電話口の向こうで彼女の興奮ぶりがわかるような気がする。

「わァ素晴らしかったね」こちらでも思わずつり込まれてしまった。

「何かで見たようなことを思い出したわ。人麿さんや蕪村さんの世界じゃないの。宇宙丸ごとといったところね。凄いことね。良い俳句が生まれそうだわ」

「でもね、あんまり凄いので良い句が浮かばないのよ」

「できるわよ、そんな美しい光景を見て、出来ないはずないわよ」

私の東海道線越しの初日の出など問題にならない。寒い思いをして写真を撮りに行かなくて良かったと思った。

新年にふさわしい丑年の初日の出オンパレードだった。

法事

今年の三月三十日、伯父の五十回忌の法事で、親族一同が熱田三本松の弟の家に集まった。法要を無事に終え、一同は熱田神宮の境内を通って蓬莱軒で食事をした。

食事を終えた後、希望者が、タクシーを四台連ねて平和公園の墓地まで行くことになった。私が乗った車には、偶然私とすぐ下の弟と次弟と三弟とが乗ってしまった。戦災で別れ別れになってしまってから初めてというほどの珍しい取り合わせである。タクシーの中は今まで味わったことのない雰囲気が漂った。不思議である。

車は丁度、熱田区羽城《はじょう》（伝馬町）のあたりを通り過ぎていた。誰かが「羽城の殿様はどうなっているんだろう」と言った。羽城の殿様とは戦国時代、幼少の頃の徳川家康が織田信長の人質となり、熱田の加藤家に幽閉されていて、危うく命を取られそうになったとき、加藤家の人に救われ助かったので、尾張徳川家が、昭和の時代になっても加藤家は篤く処遇していて、私の子どもの時代まで羽城の殿様として尊敬されていたのだ。

その話題から歴史好きの弟たちの話でタクシーの中は盛り上がった。何しろ熱田から東山までの長丁場である。私が何時もＮＨＫに来たとき食事をする「さかなや」の店長に「ここのお店は元熱田の文盛丸だったでしょう」と聞いたとき「そういうことは聞いています」と言っていたと話すと、話はまた盛り上がった。弟の一人は「萬盛丸とか、金盛丸とか文盛丸とか盛の字が着く船を持っていた家は昔、熱田の水軍だったそうだ」というとんでもない話を持ち出してきた。

私たちが子どもの頃、初午の稲荷神社へお参りした際、橋を渡らず艀を繋いだ橋を渡ってお参りした。橋はぐらぐら動くのでとっても怖かったが毎年初午はそうしてお参りをした。それは戦争が始まってもしばらく続いた。

弟たちの話によると、初午の日に艀を繋いで人を渡らせるのは、昔の水軍の艀を操る練習のため年に一度昭和の時代まで続けていた江戸時代からの名残だそうだ。

私たちは今時の人の理解出来ないことを狭いタクシーの中でわいわいと話し合った。そのほか江戸時代に長崎から、象を将軍様に見せるため江戸へ行く途中、木曽川を熱田の水軍が艀を繋いで渡ったなどという真偽の定かでない話も飛び出して楽しい時間だった。

あの日は暖かい一日だったので、お墓の中のご先祖様も日頃話題から遠のいている私たちの話を微笑んで聞いてくれたに違いない。

帰りは、姪たちの車に乗った。姪たちは沿道の美味しい食べ物屋さんを見つけて、楽しく語り合いながら帰った。


（二〇一三年）

ホームページ

横浜から着いた朋子からケイタイへ「新幹線で今名古屋へ着いた」とかかった。「コンコースをまっすぐ出て四台のエスカレーターの下で待ってるよ」。しばらくするとコンコースの中の人混みから大きな荷物を引きずりながら、小さな子供を連れた朋子が現れた。いち早く私を見つけた『璃穂』が人混みを縫いながら私をめがけて走ってきて私に抱きついてきた。姪の四歳の子どもである。この一瞬が本物の孫のいない私にとっての醍醐味である。

早速昼食となると、もうはっきり自分の好みを言って、新横浜の高島屋にもある資生堂パーラーと決めてしまっていた。何となく雰囲気が似ているのだろう。早速席について靴を脱ぐと外の高い建物のエレベーターに驚いていた。食事もメニューを見て自分の好みを言う子になっていた。前回来たとき、寿司を注文したらみんなぐちゃぐちゃにしてしまった璃穂とは格段の差だ。今回は璃穂の食べたいものをはっきり主張した。随分成長したものだ。

先を急ぐので、東海道線に乗る。前回は普通に乗って帰ったので各駅の名前を通過毎に読み上げていったが、今回は諳んじていたとみえて、快速で通過するたびに「ビワジマ」「キヨス」「イナザワ」と全部言うことができた。

今回の本命は、朋子に我が家でパソコンのホームページを直して貰うことだった。

ＯＣＮ（プロバイダー）から契約デスクの容量が不足を来してきたと通知があった。今までならＯＣＮに電話して、わからないことは直接聞きただして、何とかページを更新してきたが、だんだん専門用語がわからなくなったし、使いづらくなってきたので、直接電話をかけるのが鬱陶しくなってきた。もうホームページの更新を止めてしまおうかと消極的になった。

三月の中頃になってとうとう完全にアップできなくなったので、どうしようか迷いながら、ともかく今日まで日記の記事だけはページを更新せず、入力し続けていた。このホームページは一人暮らしの私が無事でいる事を兄弟たちに、毎日気軽に知らせるために立ち上げたもので、外部にはあまり知らせていなかったので、別に止めてもあまり未練は感じていなかった。そんなことを横浜の姪に電話のついでに話したら「折角のページだから続けなさい」と言ってくれた。元々姪が結婚する前に手伝って開設したホームページだったので朋子が反対するのも無理はないと思えた。

朋子がパソコンをいじっている間、璃穂は退屈して本棚に目をやった。そしていいものを見つけた。私が作った人形だった。顔も手足もみんな手製で着物も裾のふさも袖の振りも、袖口もみんな本物のように拵えた十センチくらいの人形だ。以前、まだ私に根気があった頃、この人形を何体作ったか判らないほど作って友達にほとんど持っていかれた。それが一体だけ残っていた。璃穂はそれを見つけて「可愛い。これ欲しい」と言って手放さなかった。それが私にまた作ろうという意欲を湧かせた。少しも惜しいとは想わなかった。今まで横浜から持ってきた縫いぐるみも、うっちゃって、その人形を抱え込んで離さなかった。何となく孫気分を楽しんでいたような気がする。

パソコンも正常に動くようになって、姪はもう実家に帰る気が逸《はや》り、璃穂もお祖父ちゃんが迎えに来てくれるのが待ち遠しかった。私のおばあちゃん気分ももう終わりである。二人は車に乗ってバイバイ……。

言葉がほしい

アルゼンチンの姪の京子から葉書が来た。『おおきいおばちゃんへ』と言う書き出しだった。16センチ×22センチの大きな絵葉書である。先日、ＪＩＣＡへ彼女の住所を尋ねたので、彼女からの返事だった。

今あちらは冬、時差は十二時間アルゼンチンの方が遅い。日本が月曜日の朝六時はアルゼンチンでは日曜日の夕方六時だそうだ。

私は、鳩居堂製の純日本風の団扇を描いた葉書に簡単な文句を書いた。その葉書を出そうと思って郵便局へ行って宛名の書き方が合っているかと窓口で尋ねると、宛先がアルゼンチンだったので珍しかったらしく、わざわざ局長さんが応対してくれて、パンフレットのコピーを持ってきて、説明してくれた。

そして、手紙は国によって料金が違うが、葉書は全世界、どこへでも日本円の場合は七十円だと教えてくれた。

この歳になって京子ちゃんがアルゼンチン等と遠い所へ行ったので珍しい経験をしたと思った。

あちらの様子は毎日パソコンのブログを写真入りで更新してくれているので様子が良く理解できる。

彼女は以前オーストラリアへ一人で旅行しているので英語はペラペラらしいが今回はスペイン語も勉強して日本語の先生としてあちらへ行ったと聞いている。たいしたものだと思う。

彼女には私の和服を殆んど全部進呈しているのであちらでも着ているらしく和服姿の写真も載っていた。


活動場所である日亜学院以外のところではスペイン語を話すのが当たり前の世界なのだけれど、日本で当たり前に生活していると味わえない感覚だとか。三半規管がどうなって、平衡感覚が失われたような妙な気分とか私にはあまり理解できないが……。

これ以降は彼女のブログからの抜粋…

スーパーのレジでは自然に「Ｇｒａｃｉａｓ」とスペイン語が口をついて出るようにはなってきたけれどうっかりすると「Ｔｈａｎｋｓ」と言ってしまいそうになるのが日本人の「外国」なのだなあとも思う。……

アパートの入口には早朝や夜遅い時には管理人さんかガードマンさんが必ずいて、愛想よく声をかけてくれるものだから言われている内容の半分も理解していないのに、その雰囲気に飲まれて、相槌を打ってしまったり、知ってる単語で返事をしたりすると、相手は私が理解したものと思って、さらにまた語りかけてくれて、私は、ちんぷんかんぷんになって、面倒くさくなり、結局「Ｈａｓｔａ《アスタ》 ｌｕｅｇｏ《ルエゴ》（じゃあまた）」とその場を逃れることになってしまうのですが、それでも、彼らはいつでも陽気に次の日もまた声をかけてくれます。言葉がわかってもわからなくても挨拶は大事ってこと……。

　京子のブログにはまだまだ色々な写真や記事や感想が盛りだくさん載っていたが、私の知らない国で一生懸命働いていてくれることを祈るばかりだ。

（二〇一四年七月二十一日）

◇「家族と過ごした日々」　京子の戯言

『春の歌』に書かれている通り、伯母は戸籍上は貝谷陽二郎の長女となっているが、その二つ上に本家《ほんや》の長女となった姉とみ子がいた。伯母の下には私の父も含めて続けて五人の男子が生まれている。その下に二人の女子、末っ子はまた男の子だった。戦前から戦中にかけては病弱だった姉を思い、幼い弟妹たちの面倒を一手に引き受け、戦後は一家の屋台骨を支えていたのだろう。戦争中にとみ子が亡くなって、今度は次男だった私の父が、本家の跡取りとして正真正銘の養子となった。伯母が我が家のことを本家と言っていたのはそのためである。

小学校の中学年くらいから中学校に上がる頃までは、夏の一宮七夕まつりとお正月には、姉弟三人で伯母の家に泊まりに行くのが恒例だった。やりたい放題ではないにしろ、いい子ぶるようなことはなかった。伯母はそんな私たちを、躊躇うことなく受け入れてくれていた。一人で悠々自適な生活をしている中で、弟の子どもとはいえ、三人の子の面倒を見るというのは、かなり骨の折れる仕事だっただろう。子どもの気にいるようなことをしなければならないと気を使うだろうし、食事にしたって、いつも作る量とはまるで違う。でも、伯母はそんな非日常の出来事を、当たり前のことのようにすらりすらりとこなしていった。

そのうちに、伯母の家にお泊まりにいくということはなくなったが、伯母は本家にあたる我が家に折に触れ訪れ、そのたびに新しい情報や知識をもたらした。テレビの情報の受売りだったり、パソコンの知識だったり、世界情勢だったり、宇宙のできごとだったり、たいした話題でもないけれど、伯母が話すとほーっと聞いてしまう自分がいた。そうして、伯母は一人でも人生を楽しく生きているのだということを、しみじみと感じていたのだった。

というわけで、私は自分たち姉弟がとりわけ伯母の厄介になったとばかり思っていたが、それはとんでもない思い違いで、ほかの甥や姪ともしっかりとした絆を持っていた。もちろん、甥姪だけではなく、その親である弟妹への心のかけ方は、子どものころから一貫していたのだ。熱田区のグループホームに入居した晩年は、熱田区在住の私が一番身近にいたこともあり、思いがけず伯母と濃密な時間を過ごすこととなり、だからこそ伯母と家族とのつながりに改めて気づくことができた。伯母は会うたびに、「しょうくんは長男で甘やかされて育った」だの「あんたんとこのお父さんは料理が上手だでね」だの「のーちゃは最近元気かね」だの「みっちゃんやはーちゃんはどうしとるかなあ」などと、弟妹の名前を口にした。この章のどの文章にも伯母の家族への愛が溢れている。

第四章　観音崎——遺族ではないけれど——

戦艦三笠

「皇国ノ興廃コノ一戦ニアリ各員一層奮励努力セヨ」松原さんと私は戦艦三笠の艦上にいた。「東郷元帥はどこに立っていたの」と聞いたら「ここですよ、ほらあそこは弾丸の破片が当たった跡ですよ」と案内人が教えてくれた。私たちは、子供のころ聞いた日露戦争の話を思い出していた。大国ロシアを相手の大勝利の話である。

ここは横須賀市内の三笠公園内、数年前に亡くなった松原さんのご主人が元海軍さんだったから「来年観音崎へ行く時、私も連れて行って」と頼まれていた。

彼女のご主人は戦争中、航空母艦に乗っていてミッドウエイ海戦とかに参加して沈められたが生きて帰った。ところが軍当局の意向で、機密を守るため横須賀軍港に缶詰になっていたそうだ。まだ彼女と結婚する前の話である。彼女にとって生前の夫の思い出の場所、横須賀へ一度行ってみたいと思っていた。私が毎年、五月十五日に観音崎へ行くことを知って、今年は同行することになった。彼女にとって夫を偲ぶ感傷旅行のようなものだ。

艦内にはさまざまな旧日本海軍の展示物があり、軍艦や航空母艦の模型もガラスケースの中に展示してあった。「ご主人の乗っていたのはなんていう航空母艦?」と聞いたら、即座に「リュウジョウというの、ドラゴンの龍にジョウは譲るという字みたいな字」「龍驤ね、あるわ」ケースの中に『龍驤』という模型があった。「あっそうだ『龍驤』だ」「写真撮っておいてあげる。ケースの上からだからうまく写らないかもしれないけど、写っていれば良いでしょう」彼女にとって大感激らしかった。そのせいとは言わないまでも、艦内で売っていた『海軍カレー』をお土産に買ってご満悦だった。

三笠公園を後にしてバスで観音崎のホテルへ。私たちは、ここで一泊し翌日の戦没船員追悼式に出席することにしていた。

ホテルに到着した頃はまだ雨は降っていなかったが、部屋にくつろいで、いざ部屋から見える浦賀水道を通過する出船入り船を見ようと思ったら、とうとう雨が降り出してしまった。そして夕食ごろになると本降りになった。

ホテルのレストランでディナーを食べながら遠く東京湾の海ボタルを望むはずが、それらしい光を眺めるだけとなった。しかし、気の置けない友人同士、飲めないワインも興に乗って楽しんだし、フランス料理も美味しかった。

翌十五日は戦没船員追悼式、これが私が観音崎を訪れた本命。参加するようになってから今年で五回目。

式は雨が降る中、テントも無く雨ざらしで傘をさしながら行われた。自衛隊の吹奏楽と能『海霊』の奉納は中止になったが、旧砲台跡から遥か雨空に煙る太平洋を正面に望みながらの献花は、私にとって彼に一番近い瞬間だと思った。

「安らかに　ねむれ　わが友よ　波静かなれ　とこしえに」と刻まれた水平線をイメージしたと言われる横長の黒い碑文石の上に純白の菊の花を捧げ、まだ元気で生きていることを報告した。

シャトルバスでホテルまで帰った私たちは、立食パーティもそこそこに家路へ急いだ。二人の元乙女は、各々目的をかなえ、のどかに過ごした感傷旅行はそれぞれの思い出を残して終わった。

（二〇〇三年）

母港

久しぶりに横浜へ行った。毎年、観音崎へ行っているのに何時も地下をくぐり抜けて新横浜から新幹線で帰ってしまっていた。観音崎へは毎年五月中旬に戦没船員の追悼式に参加している。その帰路は、少し異様な気分になり、軽々しく観光の気持ちになれなかった。

何時も私をしたって付き合っていた姪の朋子が長い遠距離交際の結果、今年の四月ゴールインして横浜で生活するようになった。適当な時に我が家へ来て車で連れ出して買い物や食事に付き合ってくれていた便利な彼女が居なくなってからは、当分は大切なものを失ったような気分だった。

「二時間もかからずに来られるから、いつでも遊びに来てください」と言ってくれていたが、「時間では近いけれど、お金では遠いもんね」と言いつつ半年以上も行かずじまいだった。十一月にしては暖かいお天気が続いたので七日に行くことに決めて普段着のまま出かけた。

横浜へ行ってどうしても行きたいところは『みなとみらい』だった。姪もこの半年あまり車でぐるぐる回って歩いても地下鉄経由では不案内だった。

ともあれ横浜駅まで行ってみようということになり市営地下鉄でＪＲ横浜駅へ出る。

横浜駅は昔から苦手だった。いろんな私鉄が入り込んでいてどこの出口で出ていいのかさっぱり解らない。何時も車で出て歩いている姪にしても五十歩百歩、雑踏する人をかき分けながら何となく目指す方向だけは見つけた。何のかんのとしている内に朝ご飯の早い私はおなかが空いてきた。ヨコハマの美味に全く興味を持たない私は軽く天ざるですませ、早く港が見たかった。

まずシーバス乗り場を見つけたのは正解だった
横浜港の大桟橋に豪華客船の『ふじまる』が停泊しているのが直ぐ目の前に見えた。

「やったァ！」と思った。懐かしい『ふじまる』だった。あの船に乗って太平洋に出たことがある。といっても日本一周とか、ましてや太平洋一周とかそんな豪華な旅ではない。職場のＯＢの人たちに誘われて名古屋港から伊豆大島沖まで一泊旅行したことがある。真似事のような船旅だった。もう十年以上前になると思う。

大桟橋に巨体を接岸している彼女の姿は美しかった。人影などは見あたらなかったし、喫水線も高かったので任務を終えて母港にゆっくり休ませている姿のように見えた。

シーバスは横浜港内を一周した。陸上を歩くのと違って少し船首を回らすだけで視界が全く違って見える。

チャーチル会の全国大会ではまだ完成していなかった、稲穂をイメージして建てられたというヨコハマ　グランド　インターコンチネンタル　ホテルが見えた。あのホテルの最上階で写生会をした。

帆船の旧日本丸のマストも赤煉瓦も見えた。日本一背高のっぽのランドマークタワーも聳えていた。風は強かったが真っ青に晴れた空に白い建物が映えて見えた。パノラマそのものだった。

氷川丸を右手に見てシーバスは山下公園の船着場に着いた。大満足だった。


戦後、だいぶん年月を経たある日、私にゆかりのある人の消息を戦没船員顕彰会に尋ねたところ、その人の乗り組んだ船、大津山丸《おおつさんまる》の最期の模様が詳細にわかった。それ以後私が遺族ではありませんと辞退したにもかかわらず、毎年追悼会の招待状が届いた。終戦時のごたごたで遺族と名乗り出る人がいなかったらしい。その時の状況を知っていた私は、陰ながら供養をしてあげたいと思って、写経をしていたし、その人との思い出の数々もあったので毎年追悼式に出席することにした。

帰りの新幹線の車中で、今日見た『ふじまる』の美しい姿を思い出し、はるかベトナムの沖で母港へ帰るのを夢見て海底に沈んでいる『大津山丸』のことが心の隅をかすめた。


（二〇〇六年）

観音崎ホテルにて

新横浜で姪と別れ、地下鉄で西大岡まで乗り、そこから京浜急行の久里浜行きの特別快速浦賀行きに乗り換える。この電車は横浜市内を通り抜け横須賀の市内のいくつもの普通駅を通過して堀之内へ着く。そこで浦賀行きに乗り換え、二つ目の馬堀海岸で下車、タクシーでホテルへ。九年前、ここへ来た時は、地元にいる弟の奥さんに横須賀中央駅まで迎えに来てもらったのでたいして苦労はしなかったが、次の年から一人で来たり友達と一緒に来たりで、面倒な乗り継ぎもおっかなびっくりでクリヤーしてホテルまでたどり着いた。

今年はその行程がますます億劫になりホテルにたどり着いたときはぐったりしてしまった。走水あたりをタクシーで走る途中遥かな海上に美しい虹がかかっていたが、感激する余裕もなかった。

ホテルの海に面した部屋は三階で明るく、窓の外は芝生の庭を隔てて直ぐ波打ち際が広がっていた。今日はひどく荒れて波のしぶきが部屋まで届きそうなくらいすさまじかった。雨こそは小降りだったが強風が吹き、予報通りの嵐だった。

平常、海とは無縁な内陸に住んでいる私にとって、この荒れた海は驚異だった。波か雨かわからないほどガラス窓に叩きつけていた。

浦賀水道は直ぐ目の前に望むことができるはずだ。お天気さえ良ければ備え付けの双眼鏡で東京湾への出舟入り船が楽しめるはずである。

今日は荒れた海を大きなコンテナーを満載した白い舟や黒い貨物船がかすんだ海の遥か沖を通り過ぎるのが見えるだけである。

そんな窓の外の風景をベッドに横たわって眺めていると、ふと、今、私がここにいる不思議さを感じる。

平成十年の七月頃、人の薦めで日本殉職船員顕彰会へ電話をしたことが発端だった。

顕彰会の久保田さんという方が「その方のお名前は、生年月日は、出身地は、出身学校は、最後に家を出た日は」

「岡田潔。大正十二年生まれ、愛知県名古屋市出身……」と私の記憶にある限りを答えた。「これだけわかっていれば調べることができます。明日お電話でお知らせします」という返事だった。

それまでは彼の母さんが空襲で亡くなる直前に、息子が戦死したことを告げに来られ、その真偽を確認するすべすらなかったのに……。私の青春の一ページとして記憶の奥に葬り去られてしまいそうだったのに……。こんな形で私に近づいてきた。

翌日の久保田さんからの電話は私の彼に対する気持ちを一変するものだった。本人の確認は勿論、彼の最期の状態まで明確に知らされた。

久保田さんは「電話だけでは言い尽くせないのでこの書類のコピーを取ってお送りします。

それに遺族の方がどなたも名乗りでておられませんので、来年の追悼式に出席してください。招待状をお送りしますから」と言われ、分厚い書類が送られてきた。

そして翌年招待状も届いた。しかし、まだ私はこの追悼式に参加して良いものかどうか迷っていた。そして、子どもの頃の近所の友達に尋ねてみた。勿論私が潔さんと最後にとても辛い別れをしたことなど知ってはいなかったが、「潔さんはとってもいい人で私たち女の子の憧れの的だったので、家族の誰も参加してなかったら、私たちを代表してお参りしてきてちょうだい」とも言ってくれた。

八十歳になっても私はやっぱりここへ来てよかったと思った。しかし、「私は遺族ではありません」と言い続けている。

（二〇〇七年）

紙風船

第三十八回戦没船員追悼式の後、観音崎京急ホテルでの懇親会があったが、早々と辞した。永い年月を経ているので純粋の遺族らしい人たちは高齢になって出席する人は少なく、出席した人たちの顔ぶれは、生還した船長さんらしい人たちの同窓会化しているような気がして違和感があったので落ち着かなかった。

少しばかり顔見知りの顕彰会の人たちと言葉を交わすくらいだった。立食パーティのご馳走もソコソコに席を立ち、ホテルの、チェックアウトの際に、すぐ向かいにある、横須賀市立美術館の無料入場券を貰ったので、立ち寄ることにした。

二年ほど前、観音崎公園内に新築されたモダンな小さな美術館で、半分程度は地中に埋められ、全体を包み込むように、見た目に軽く見せていて、従来の美術館と全く違う開放的な建物だった。

入口を入ると、明るいテラス風の通路の向こうは真下に浦賀水道が広がり海を望む芝生の中庭に続き、美術館の構内と思えぬほど開放的で、浦賀水道から東京湾への出船入り船が一望に出来、このまま太平洋に落ち込んでいくという錯覚を覚える。天候も良かった所為で展望は内陸に住んでいる私にとって特に感慨が深かった。

テラスはレストランになっていて、遙か房総半島を眺めながらゆっくりくつろぐ事も出来た。横須賀に住んでいる姪は海の眺めをこんなに喜ぶ私を不思議がりながら精一杯楽しませてくれた。

別館に谷内六郎館があり、展示品は『週刊新潮』原画ばかりの展示が館内を埋め尽くしていた。谷内六郎の絵はどれも童心をそそる物ばかりで、あの表紙に魅せられて中身に殆ど感心がないままよく買った。その時の表紙の原画の一部が展示され、どれも懐かしい物ばかりだった。

館内のミュージアムショップには谷内六郎の絵に出てくる懐かしいグッズを売っていた。その中の『紙風船』は私の思い出の中の幼心を誘い、思わず買ってしまった。紙風船の硫酸紙の手触りは幼い頃の郷愁を駆り立てた。

（二〇〇八年五月）

観音崎へ

今年も日本殉職船員顕彰会から招待状が来た。今の体調では今年もどうにか参加できそうと思えた。すぐに弟へ電話して姪の陽子に付き添いを頼めるかどうかの確認をとる。すぐ快諾を得た。インターネットで観音崎京急ホテルに予約を取って、取りあえず顕彰会に出席の返信はがきも出した。ということで今年も観音崎へ行くことになった。

十年以上にもなる旅だが、最近の生活では、あまり出歩いていないので、健康とはいえ年齢のことも考え自重しなければと思いながら、しかしやはり行きたいという気持ちが勝ってしまう。

一年ぶりの京急ホテル、ロビーに入っても懐かしさを覚える。部屋は三〇七号室。ボーイさんが案内しながら「今年はエレベーターも作りました」「そうね、このホテルはエレベーターのない珍しいホテルだったものね」

二階がロビーで上が三階、地階と思いきやそこが一階という崖のような地形で、全て客室が海に面している三階建てのこぢんまりしたホテルだ。

部屋へ入ると早速窓を開けて外のテラスへ出てみる。目の前は浦賀水道、大きな船小さな船が往来する。一年ぶりの懐かしい私の大好きな光景だ。

ロビーへ降りてカウンターで顕彰会の田中さんがこられているかを確かめる。と、「あなたは、名古屋の『沈没する高千穂丸などの展覧会』の会場にいらっしゃった方ですね」と声をかけられた。「はい、大曽根の東区役所で……」「あの時神戸高等商船卒業の記念写真がないかと……」という会話。

私が彼が亡くなってから永い歳月を経て面影も定かでなく、写真もないので記憶から遠ざかってしまった、と言うと、彼の出身した神戸高等商船は現在神戸大学に吸収されているので神戸大学へ写真の有無を尋ねてみることを約束してくださったが、結果は戦災と震災で総てそのような記録を失ってしまったということだった。そんなことを覚えていて声をかけてくれたのだ。

田中さんもそのときお世話になった女性の一人だった。

去年お別れする時、「今年が最後になるかもわかりません」と言って別れたので、今年も出席できたことを喜んでくれた。今になって考えると長い人生の間に「潔さん」とはほんの短い接点しかないのにも関わらず、今現在までこんな所まで深入りしてしまった事をあるときは懸念さえ覚える時さえあった。

そもそも、昭和二十年三月十二日、あの焼け跡へ彼のお母さんが、「潔が戦死した」とわざわざ告げに来て、その夜、鶴舞公園で爆死されたことが、彼のことを私に託されたメッセージだったかも知れないと思うようになった。

初めて彼の消息を顕彰会に尋ね、彼の最期の様子がわかった時「この方の遺族は何方も名乗り出ていらっしゃいません」と言われた。私には彼の家のその後がわかったような気がした。ある時は、ここが一番彼に近い場所かも知れないと思ったり、今、恙なくこうして平穏に暮らして居られるのも、遠い空から見守ってくれて居るかも知れないと思ったりしてみるが、ある時はそれも虚しい過去のような疑念も湧いてくる。

翌日、顕彰会が用意してくれたバスであの要塞跡の台地へ登り『安らかに眠れ　わが友よ波静かなれ　とこしへに』の碑の前に佇んだ。海上自衛隊のブラスバンドの奏でるバックミュージックに支えられ見晴るかす太平洋を前に白菊を捧げる瞬間だけが彼二十一歳、私十八歳と向き合える時かも知れない。

ホテルへ帰って、立食パーティは失礼して、私の感慨など到底理解の出来ない年代の姪の車に乗り横須賀軍港に向かった。

軍港の湾内は思ったより広かった。軍港の入り口の船着場より遊覧船に乗り湾内を四十五分かけて一巡りした。原子力空母は太平洋上に出動中で居なかったが、東京タワーを横にして三個分ということだからいかに巨大か想像を絶する。ミサイルを撃ち落とすというイージス艦も日米合わせて三隻居た。ずいぶん離れたところで見ているので近寄ったら大きな船だろう。しかし、昔の古くさい頭の私には軍艦マーチで勇ましく波を蹴立てて行く軍艦とは隔世の感があった。

遊覧船から降りて、疲れを感じた私は里心がついて横須賀中央から京浜急行に乗って、新横浜へ向かった。

地下鉄の関内駅を過ぎてふと思った。駅の名は光明寺と書いてあったが「ぐみょうじ」と言っていた。その次は蒔田と書いて「まいた」と言っていた。エッセーの課題にいただくことにした。

（二〇〇九年五月三十一日）

観音崎京急ホテルにて

今年もまたこの部屋へ来てしまった。何時も同じ部屋ではないのに、このホテルは、全室、全て浦賀水道側に面している。しかもツインの部屋は同じ作りの部屋だから……。この部屋に案内されると、また帰ってきたという錯覚におそわれ、懐かしさがこみ上げてくる。最初ここへ訪れてから十二年になる。

八十歳を過ぎてからは何時も来年は来られないかもしれないと思ってこの部屋を去っていた。

不思議な縁で彼の詳細な情報が判ったのは平成九年だった。

日本戦没船員顕彰会という所に電話してみなさいと言われ、岡田潔さんの消息が克明に判った。

その時対応して下さった久保田さんという方が私の薄れかけた記憶をたどって質問することを一つ一つ調べてくださって、彼の消息がわかったのだ。そして「その方のご遺族は何方も名乗り出ていらっしゃらないので、来年の慰霊祭には招待状を差し上げますので是非出席してあげて下さい」と言われ、それから毎年招待状を送ってもらっている。

そして今年もこの部屋へ来てしまった。


早速、窓を開けて懐かしい浦賀水道の海風を思う存分部屋の中へ入れる。今年も生きながらえて来ることが出来た。暫くベッドに仰向けに寝そべって感慨にふける。横須賀の姪が来てくれるまで孤独を楽しむ時間である。

それから徐ろにベランダに出てみる。今年は特別よく晴れている。初夏の日脚は長く、少し傾きかけた日は遠い対岸の房総半島までくっきり照らしている。それに東京湾をよぎるアクアラインの先の木更津とおぼしきところまで見えたし、海ボタルなるものも霞んで見えた。平和そのものの超近代風景である。

その手前は名にしおう浦賀水道である。大きなコンテナー船や貨物船が行き交っている。目の前いっぱいにパノラマのように広がって平和そのものの素晴らしい光景である。思わず深呼吸をする。この風景を眺めていると、この瞬間だけ彼の側に立っているような気がする。胸が熱くなるような錯覚を覚える。暫く沈黙の瞬間である。

二階のロビーへ降りると、明日の天皇・皇后両陛下をお迎えする準備のためにロビーの模様も大分変えられている。

あまりの天気のよさに誘導されて、ホテルの外に出てしまった。バス通り沿いの東側の海岸に出ると、木道の遊歩道になっていた。その遊歩道はホテルの敷地の周りをぐるっと一周していた。

遊歩道に沿って、海辺に降りてみた。丁度、満ち潮だったので木道の際まで潮が満ちてきていて岸辺の岩がすっかり隠れていた。右側のホテルのフェンスに沿った生け垣は長年の海辺の強い風に吹きさらされ、ホテル側にひん曲がっている。

「一巡すると二十分は掛かります」とホテルのボーイさんが言っていたので、歩いてみようと思った。時々散歩している人にすれ違ったり、追い抜かれしながら歩いて行くと、カモメだろうか鳥が鳴きながら飛び交っていた。ホテルのベランダから見る目線と大分異なった視界である。景色も大分違って見える。

ぐるりと木道のカーブを回ると目の先に観音崎の灯台が見えてきた。ああ、あんなところにあるんだ、と思った。海岸線が曲がっているのでホテルの部屋からは見えなかった灯台である。内陸に住み慣れた私にとって海岸線の微妙な曲がりは不思議な風景だった。海辺の岩にあたる波の姿も音も新鮮に感じた。すべての雰囲気が私の気持ちを新鮮にしてくれた。

二十分以上掛かってゆっくりホテルの回りを一巡した。すぐ目の前に横浜市立美術館があることも判った。

何度来てもここは楽しい。彼がここに呼び寄せてくれたような錯覚をする。

明日は大切な両陛下ご出席の追悼式があるというのに、それを意識することを忘れてしまっている。不思議な時間だった。

（二〇一〇年）

（京子注）伯母が利用していた観音崎京急ホテルは二〇二二年九月に閉館した。伯母の文章を読み、一度は訪れたいと思っていた観音崎に二〇二二年九月に訪問。閉館直前の宿泊に間に合った。

赤福

名古屋駅のキオスクで『赤福』七個を買って十時二十四分発のひかりに乗った。一年一度の決まった私の遠出である。

新横浜十一時五十分着、姪の朋子が改札口で待っていてくれた。今日は璃穂が幼稚園へ行っているので身軽だった。いつものプリンスホテルで昼食をする事に決めていた。新幹線を降りたばかりなのでホテルの食事の方が気楽で落ち着く。

四十階のレストランへエレベーターで一気に上がって、横浜の市街を見下ろしながらの昼食はほっと落ち着く。

土産の赤福を階下に住む両親の分と併せて二個渡した。赤福は娘の璃穂の好物。

朋子が、新横浜から地下鉄に乗り、上大岡で京浜急行に乗り換えるルートでなく、直接京浜急行に乗って馬堀海岸へ行くように、京浜急行の神奈川新町駅まで一方通行の狭い道を車でくねくね曲がって走って、送ってくれた。しかし、今まで乗り慣れた駅名と違い分かりにくい駅名ばかりだ。周りの人に行き先を馬堀海岸と言って聞いても判らない。二駅先の浦賀と言えばあの有名なペルリが上陸した浦賀だから誰にも判るのに……。

私鉄の駅は特に各駅停車の駅名は判り辛い。兎に角、馬堀海岸にたどり着き、タクシーで京急観音崎ホテルへ三時頃到着。三〇三号室へ落ち着く。部屋からロビーを通じて殉職船員顕彰会の田中さんへ出て頂き、お土産の赤福を渡す。

弟たちが到着するまでホテルの周りの遊歩道を散策する。遥か浦賀水道を遠く霞む房総半島をバックに行き交う大きなコンテナー船、それにイージス艦まで通っていく……。地上をちょこまか走る車に比べるとなんとまぁゆったりした風景だろう。灯台は昔のそれと違って丸いパラボラアンテナ様なものをつけて白く立っている。犬を連れて散歩する人とすれ違う。ホテルの周りを一周すると一時間くらい掛かった。

弟に携帯をかける。今、衣笠にいると言っていた。レストランに四人分の六時の予約を取る。まもなく弟夫婦が到着。昨年、苗字が変わった姪の陽子もお勤めを終えてバスで到着。赤福を開けて再会を喜び話が弾む。みんな赤福が大好き。一箱は弟夫婦にあと一個は陽子に、七個の赤福は全部片付いた。

夕食は和食に決めてレストラン「浜木綿」へ。弟は車で帰るのでアルコールは抜き。料理はすべて美味しかった。魚は浜辺に近い地の利で美味しかったし、三浦半島の本場の野菜で美味しかった。シェフが挨拶に来たときはみんなぺろりと残さず食べてしまっていたので喜んでくれた。

弟に潔さんのことを尋ねてみたが、昭和八年生まれの弟は当時空襲が激しくなりかけたときで学童疎開の真っ最中だったので、忘れてしまっていた。

レストランの外の景色は、遠く横浜の灯りを望むことも出来、とてもロマンチックだ。ホテルの周りもライトアップされた。いつかお休みには千葉にいる甥の充君の家族も呼んで一緒に食事したいという話にも発展した。

弟たちはご機嫌で帰っていった。陽子は私に付き合ってお泊まり。明朝バイキングの朝食を済ませてから出勤。

明日の私は、戦没・殉職船員追悼式に出席。今日一日はとっても楽しかった『寄り道』。こんな楽しい寄り道のチャンスを作ってくれた人に感謝。

（二〇一二年）

メルキュールホテル横須賀にて

今年も日本殉職船員顕彰会から『戦没・殉職追悼式』の招待状が来た。毎年は五月中頃の筈なのに今年は終戦七十周年の為、天皇・皇后両陛下がお見えになるので1か月遅れたらしい。札幌の片平さんから電話がかかった。片平さんは昨年、メルキュールホテルで逢うことまで道筋が決まっていたのに、札幌からの飛行機の都合で行き違いになり、とうとう、逢うことが出来なかった。今年こそ逢いたかったらしい。しかし体調が悪く、お目に掛かることが出来なくなってしまった。病状を尋ねると今後もお目に掛かることが不可能な様子だった。岡田潔さんと同じ大津山丸で最後に逢った人だったのに私も実現できないのが残念だった。

大阪の道家さんへ電話をかけた。

お元気だった。命があったら来年も逢おうねと言われた九十三歳の方だ。電話の声は頗る元気で、今年は天皇・皇后両陛下がお見えになるし、今回は私が遺族代表で挨拶をするんだよと嬉しそうだった。昨年、あんな偉い人（元海上自衛隊幕僚長）と偶然に知り合いになったことが不思議な感じがして仕方がない。

「お目に掛かれるのを楽しみにしています」と電話を切った。

いつもの観音崎ホテルを予約するため電話をしたら今年は顕彰会が全館貸切りの為予約できなかった。十年以上も慣れたホテルだったので困ったが、やむなく昨年、札幌の片平さんと待ち合わせをしたメルキュールホテルに予約した。

そのホテルは横浜から京急で観音崎へ行く途中の汐入で下車するとすぐ前にあったからだった。しかし、今までの観音崎ホテルとは随分勝手が違っていたので戸惑う事が多かった。弟や姪の陽子は地元なので勝手をよく知っていて助かった。

毎年、泊まるホテルでディナーをご馳走することを約束していたが、今年は弟の奥さんが体調をこわしてきてくれなかったのが残念だった。

レストランは最上階の十九階で、横須賀軍港を見下ろす素敵な席だった。しかし、何時も停泊して居るはずのアメリカの航空母艦もイージス自衛艦もいなかった。「きっと尖閣諸島へ中国の船を見張りに行っているのだろう」と冗談で紛らわした。

義妹の妙子さんの体調も、心配したこともない様子で、久しぶりの再会で話が弾んだ。

話題が潔さんのことになった時、弟が、「昔、潔さんが帰郷した時、兄貴たち大勢の男の子と彼の部屋へ上げてもらった。まだ小学生の一年か二年の頃だったと思う、立派な海軍中尉の真っ白な軍服を見て感激し、今でもはっきり覚えて居る」と言った。弟たち男の子が大勢潔さんの部屋へ上げてもらったことは知っていたが、あんなチビの弟まで見せてもらったのだと思い、そんな思い出を作ってくれていたのだと思うと胸が詰まった。

今、生きて居たらいい兄貴になって居たかもしれないと思った。

どう思っても、やはり生きて帰ってほしかった。

弟は電車で帰り、其の夜は姪が泊まってくれ、朝食はバイキング。姪は慌ただしくホテルから お勤めに出た。

私は会場へ行くまで、たっぷり時間があるので、ゆっくり支度し、ホテルの鏡で自分の姿を映し、一年ぶりに逢う様々な人たちのことを考えて十七階の部屋からエレベーターで降りた。


（二〇一五年六月）

◇「観音崎―遺族ではないけれど―」京子の戯言

伯母が毎年のように横須賀に行っているというのは、なんとはなしに知っていたけれど、どうしてなのかは、伯母がグループホームに入居するという時まで知らなかった。横須賀には伯母の弟夫婦がいるから、都会好きの伯母が旅行がてら毎年会いに行っているのだろうとばかり思っていたのだ。

グループホームをいっしょに探すことになり、何度か伯母の家に行ったり、いっしょにホームの下見をしたりしている時に、ぽつりぽつりと潔さんの名前が出るようになり、その人が伯母の初恋の人で、戦争で亡くなったということがわかる。そして、毎年、観音崎に行くことになった経緯も問わず語りに話して聞かせてくれた。私が一人でいることを気にかけてもくれ、だからこそ、伯母自身がなぜ一人を貫いたのかを教えようと思ったのかもしれない。

『母港』の末尾に「私にゆかりのある人の消息を戦没船員顕彰会に尋ねたところ、その人の乗り組んだ船、大津山丸の最期の模様が詳細にわかった。それ以後私が遺族ではありませんと辞退したにもかかわらず、毎年追悼会の招待状が届いた。終戦時のごたごたで遺族と名乗り出る人がいなかったらしい。その時の状況を知っていた私は、陰ながら供養をしてあげたいと思って、写経をしていたし、その人との思い出の数々もあったので毎年追悼式に出席することにした。」と書かれている。戦没船員顕彰会に照会した翌年から毎年五月に観音崎で開催される「戦没船員追悼式」に参加していたようだ。

さすがにホームに入ってからは諦めたようだけれど、伯母の潔さんへの想いは消えることなく、ずっと心の奥に熾火となって残っていた。顔を見に行けば、必ず潔さんの名を口にし、懐かしそうに目を細めていた。

伯母が亡くなった後、遺品の中に青い表紙のノートを見つけた。中を開くと、日記や俳句が記されている。原稿用紙にサラサラと文章を綴っていた伯母の筆跡とは程遠い文字だったけれど

「令和二年まで生き永らえて昭和二十年のベトナム沖を思ふ」

「戦死した君に遇う楽しみの時近し」

という言葉からは伯母の潔さんへの熱い想いが伝わってくる。

戦争時期のものや戦没者追悼式など潔さんにまつわるお話はほとんど「戦争と私」に入れたけれど、追悼式以外の観音崎、横浜の物語は「遺族ではない」という伯母の思いを表しているように思われる。

第五章　ちょっとお出かけ

犬山ホテルにて

「園ちゃんと、秀ちゃんは体調が悪くて出て来られないの」いつもならこの二人が主役なのに私はほっとした。十人という予約が八人になった。私たちは神戸《ごうど》小学校の同期会という名目で集まったが、男子の方はなんだかんだと言ってまとまらないので、女性だけ、それも一言で集まる人だけだ。

私と智ちゃんは岐阜から、敬子ちゃんと田鶴ちゃんは鳴海から、後は金山から、桜の時節をさけて、犬山ホテルのロビーへ集まった。

「実はこんな席でいうのはと思ったんだけど、昨日聞いたばかりなのでいってしまった方がいいと思って……水野三郎さんがつい先頃亡くなったの」と私は重い口を開いた。みんなの表情が少し動いた。それぞれの人がそれぞれの思いで受け止めてくれた。「そこで彼に纏わる『住田かよ子さん』の自殺の真相が知りたいの」私は一気に言ってみた。「かよちゃんのことなら私、いろいろ相談に乗っていたから知っているわ。両親に結婚を反対されて、ああいうことになったけど、相手の人もいい迷惑よ。同じ職場で交際していたので、エリートコースにいながらその職場に居づらくなって、辞めてしまったの」と田鶴ちゃんの話。「アキちゃん、あなたにはなんの関わりもないわよ。離れて住んでいるので断片的なことしか伝わらないので辛かったでしょうね」

犬山城を正面に眺めながらレストランでの食事も美味しかったし、露天風呂にも入ってのびのびしたし、満開の里桜も心ゆくまで観賞して、楽しい一日だった。

犬山遊園駅で名古屋方面へ帰る人たちと別れ、岐阜の智ちゃんと、鵜沼経由岐阜行きに乗った。

「みんな話してしまったこと、気がかりだったことも聞いたし」とほっとした心を乗せて、犬山城を後にした。

「そもそも三郎さんに憧れが芽生えたのはいつ頃だったの」と私はあらためて、智ちゃんに聞いてみた。「私がみんなより遅かったと思うの。秀ちゃんや園ちゃんが騒ぎ始めたのは、四年生の終わりだったもんね。私は彼を素敵な人だと思ったのは五年生の夏休みの臨海学校の時だったわ」「そうねえ。彼は優等生だったし、その上ガキ大将だったし、あのころの同級生の女の子に『初恋の人は誰』と聞いたら、異口同音に彼の名前をあげたものね」

「ところでアキちゃん、まだ美江寺へ写経に行ってるの?」「病気してから休んでるけど、そろそろ陽気も良くなったので始めようと思ってるわ」「だったら三郎さんも一緒に供養してあげたら、二人とも知らない同士ではないんだから」「いやァ、私は一人だけにするわ。今まで通りの人だけよ。二人はとっても面倒見切れないわ」「それもそうね」

二人の、かつての乙女は自分が七十五歳になっているのも忘れて、顔を見合わせて笑った。

各務原線の電車はゆっくり岐阜へ向かっていた。

（二〇〇二年四月）

鶴舞公園（１）

昨夜は大雨が降っていた。庭の花たちが「ぺっしゃんこ」になっていた。こんなことになるのなら軒下に避難させておくべきだった。後悔先に立たず。そんなこんなで今朝は目覚めが悪い。

どこかへ出かけてみようか、しかしお天気がどうも気に入らない。梅雨特有の蒸し蒸し陽気だ。家にいても憂鬱だし、こんなお天気では……と行き先を考えている内に花菖蒲のありそうな所は鶴舞公園しかないだろうと思いついた。しかし、時期的にどうだろう、思いついたら吉日、まあ行ってみるべきだ。いい加減な思いつきだった。さて一宮駅で、どうやって行こう。改札口をＴＯＩＣＡで通り、まず豊橋行きの快速に乗る。そこで考えた。このまま名古屋で中央線に乗り換えればいい。東海道線の電車の中でそんなことを思いついた。『何だ簡単じゃん』未だ本当に目が覚めていなかった。中央線のホームへ移動して普通の電車に乗り換え、金山を通ってさて次はどこかなと窓の外を見るともう公園の中である。金山の次だったと思い出す。駅の階段を下りても私の頭ははっきりしていない。ＴＯＩＣＡで外へ出る。四百円だった。案外安いなと思う。久しぶりだなあと思う。こんな経路で鶴舞公園へ来たのは初めてかも知れない。

いざ公園の中へ入って見ると、懐かしいことばかりが思い出される。小学校一年生の時の遠足。動物園があった。ライオンも虎もいたが象はいなかった。

子供の頃のお花見は何時もここだった。少し大きくなってからは夜桜を見に行ったのは名古屋城のお堀の中だったなあと思った。女学校時代はグラウンドで運動会をした。公会堂もいろんな催し事を見に来たし地下の精養軒でごちそうも食べた。

母が大学病院へ入院していたときは学校を休んでお手伝いをした。楽しかったことつらかったこと等、みんな思い出した。公園の中の木はあの当時よりみんな大木になって公園の中が鬱そうとして随分風格が出来たような気がする。

ばらもよく見に来た。伯母は桜は何時、ばらは何時、菖蒲は何時等と鶴舞公園の花暦のようなものを記憶していて連れて行ってくれた。

それで鶴舞公園に花菖蒲があると覚えていたのだ。公園の池があったとおぼしきところに行ってみた。確かに池はあった。菖蒲の葉っぱもあったが花は殆ど終わってしまっていた。二週間ほど遅かったたか。出題された頃行けば良かったのだ。残念である。花の残骸ばかり眺めて帰る。

歳のせいでぼんやり家を出てきてただ何となく来てしまった鶴舞公園。しかしここは彼のお母さんが空襲でなくなった場所である。そんな事を帰りの電車の中で思った。

鶴舞公園（2）

お天気が良いので、名古屋の鶴舞公園にでも行ってみようかと思い立った。久しぶりである。尾張一宮から名古屋へＪＲで行く。中央線に乗り換えて、二駅目が鶴舞駅である。快速でも停車するので極めて便利である。

鶴舞公園は何と言っても私にとって懐かしい公園である。

中央線の鶴舞駅こそなかったけれど、市電は、熱田伝馬町から上前津まわりの大曽根行があって、乗り換えなしで鶴舞公園まで行けた。

当時を思い出すと確かに中央線のガードをくぐると、ぱっと西洋風の公園になっていて、子供心に嬉しい気持ちで公園内に入った記憶がある。

現在も、あの当時と、園内の構造はほとんど変わっていないと思う。

若い時代に比べると木々は大きく育ち全体に木陰が多く涼しそうだった。

小学校の頃には東山公園が出来るまで、動物園があったと思う。小学校の一年生の秋の遠足は鶴舞公園の動物園だったが、ちょうど遠足の日に熱を出して、欠席するのが嫌で駄々をこねた記憶がある。

公会堂もそのままに残っている。外装や造作は当時と変わっているかもしれないが構えも大きさもそのままだった。あそこには子供の頃から成人するまで様々な催し物に行った。

地下に有名なレストランがあってご馳走を食べた覚えもある。

花見にはほとんど毎年、年中行事の様に来た記憶がある。公園内のお茶屋さんに筵を敷いてもらって花見団子等のご馳走を食べた。しかし周りでお酒を飲んだりしてドンチャン騒ぎの記憶はない。

奥の方にグランドがある。女学校当時、市内の真ん中の学校だったので運動場が狭かった。校内の運動場で、運動会が出来なかったので、毎年此処のグランドで行われた。

学徒出陣の分列行進もここで行われた。大いに感激した。それに倣って私たちの女子挺身隊の出陣式もあった。戦時色一色だった。

大学病院は随分立派になった。母が昭和十八年ごろ入院していたのでよく来たことも思い出した。母の病気は悲しかった。

バラ園は少々盛りを過ぎていたが、まだまだ鑑賞に値する花が多く咲いていた。沢山の写真を撮る人たちが群がっていたし、写生をする人たちもいたがみんなシニアだった。

もう少し東の奥まったところへ行くと、今、見頃の花菖蒲の盛りではないかと思われ、風薫る風景を見ることができたかも知れないと思ったが、久しぶりの散歩なので、少々疲れ気味になったので心を残しつつも帰ることにした。やはり歳には逆らえないと感じ、匆々に帰路に就いた。

白鳥庭園

今年の歩こう会は、神宮前西口午前九時三十分集合。熱田神宮参拝。宮の七里の渡し経由で白鳥庭園から堀川を渡り、熱田球場、高蔵神社を参拝して金山へという私の故郷巡りのようなコースで、まるで私の為に計画されたようなものだった。

今まで寒い日が続いていたのに、当日は快晴とはいかないまでも、風もなく冬の最中とは思えない程のハイキング日和だった。おまけに私の苦手な道の起伏は全くなく平坦な街路を歩くだけだった。それに私の出生の地まで同行の人たちに披露できた。

白鳥庭園は、デザイン博の時に来たきりだったので、その変貌振りにはびっくりした。あの当時は出来て間もないため樹木や庭石なども土地に馴染んでおらず、ただ並べてみただけのような落ち着かない景色だったのに、樹木も石ももう何十年も前からそこにあったようにしっくり落ち着いていていた。

この地の昔の様相を知っているものにとって、不思議に感じられた。

時節柄庭園の中は人気は余り無かったので、我々一行総勢六十人余りの独壇場だった。

回遊式と思える庭園の中を一回りして上の池へ来てみると、池の端で錦鯉に餌を与えている人を見かけた。その人の前には色とりどりの良く育った錦鯉が数十匹群れて餌を貰っていた。

餌は食パンだった。

私は餌をやっている人の側に駆け寄ってその鯉に見とれていると、「あんたもこれをやってみてご覧」と柔らかい食パンを渡してくれた。早速パンを受け取って、半分ちぎって隣の人にも渡し、鯉に与えた。

ところが、鯉の群れの向こう側に恨めしそうに鯉のおこぼれでも貰おうとしてか鴎が二、三十羽群れてこちらを窺っていた。私は鴎にもお裾分けをしようと、少し力を込めて遠くへ投げてやった。すると主役の鯉たちとの距離を少し狭め、遠慮がちに私の投げたパンを競って食べ始めた。

私は空に向かってパンを投げてみた。初めは水面に落ちるのを待って食べていたが、中に勇気のあるのが飛び上がって空中キャッチを始めた。壮観だった。

橋の上でそれを見ていた人たちは歓声を上げ、しきりに写真を撮っていた。暫く鴎と錦鯉のショウだった。

一行は北門から堀川左岸に出て、堀川を渡り熱田球場で昼食、高蔵神社に参拝、目指すショッピングセンターまで……。

昔々の故郷巡りの歩こう会は無事終幕。童心に還った楽しい、楽しい一日だった。

ランの館

十一月三日は良く晴れていた。「こんな日に家に燻っている手は無いな」と思った。といってもさし当たり、どこへ出掛ける当てもない。歳の所為か、最近遠出は気がすすまない。先日、東山植物園に出掛けたが余り見るべきものもなかった。それにケイタイの充電を忘れ、目的の花の写真が撮れなくなってしまった途端に、興味が半減したので、モノレールに乗って少し子どもの気分を味わいさっさと帰ってしまった。

ふとラジオで『ランの館』で何か催し物があると言っていたのを思い出した。「何をやるのか思い出せないが、兎に角行ってみよう。記憶間違いだったら、ランの写真でも撮ってこよう」と、性懲りもなく、アバウトな気持ちで、昼少し前に家を出た。

祝日のため一宮の駅は混み合っていたし、名古屋へ着いたら益々混んでいた。いつもの『ランの館』ゆきの循環バスに乗る。バスも混んでいた。南大津通りまで来ると人の波だ。「今日から松坂屋でガス展がある」と思い出した。果たしてバスの乗客も殆ど松坂屋の前で降りてしまった。『ガス展』の抽選券を持って来れば良かった」と後悔する。何かあると思ったのはこのことだったかも知れないと思いながら、ランの館のバス停で降りる。

生け垣に沿って入口に向かうと、隙間から中のざわめきが窺われた。折りたたみ椅子が沢山並べられていた。「これは何かある」と中へ入ってみる。入口でパンフレットを渡された。十月一日から十一月十六日までランの館『秋・彩・祭』の催しものの一環として今日は、秋のガーデンコンサート・懐かしのアメリカ物語と題して名古屋在住のアマチュアバンドのジャズコンサートの日だった。

今、まさに始まろうとしているところ、芝生の中庭に折りたたみ椅子が百席ほど並べられていた。殆どの席はうまっていたが、よく見ると、中にところどころ空席もあった。シメシメ、こんな偶然が喜びを倍増させてくれる。

演奏が始まると席は次第に満席になり、立ち見の人も出来てきた。演奏された曲目は古き良きアメリカの時代のグレンミラー等、スタンダードの曲で、私のような門外漢でも耳慣れたものばかりだった。

青空の下でそよ風に吹かれながらスウィングを楽しむ心地よさを味わった。園の外は高架の高速道路が走っているが、車の騒音など打ち消すほどのボリュームが青空に抜けていく。背後にエスニック風の庭園を背負い、大編成のバンドの金管楽器が少し西に傾いた太陽に光って美しかった。

室内のランの種類も豊富でケイタイのカメラでも美しく撮る事が出来て大収穫だった。

五年間も通った大津通りはすっかり様変わりしていたが、栄まで歩く道すがら口をついて出た歌は、思いもかけず

秋のそらすみ　菊の香高き
今日のよき日を　皆ことほぎて
定めましける　み憲を崇め

諭しましける　詔勅を守り
代々木の森の　代々とこしえに
仰ぎまつらん　おおみかど

という歌（京子注　３番の歌詞）だった。

この歌を知る人の数はもう少なくなってしまった。『明治節』の歌だ。ジャズとこの歌のミスマッチが私の頭の中をスウィングしていた。

東山公園一万歩コース

地下鉄の東山公園の三番出口の階段を上ると、視界が開けた。向こうにそれらしい集団が見えた。「もう大分集まっている」と思ってその集団めがけて歩き出す。しかし体が重くてなかなか近づけない。気づいてみるとその道は動物園の門まで登りのだらだら坂だ。この道は子供の時からよく通った道だったのに、今まで登り坂ということは全然気づかなかった。こんな緩やかな坂でさえ身に堪える年齢になったのだと思った。

八月二十四日、ある会社のＯＢ会の歩こう会に参加した。東山公園の一万歩コースを歩こうというのである。平生、四千歩くらいは毎日歩いている私は、一万歩という数字だけを軽く考えて参加した。

しかし、私が毎日歩いていた四千歩は標高差ゼロメートルの尾張平野の真っ直中である。若い時代なら少しぐらいの勾配など何ともなかったのに齢八十歳であることをすっかり忘れていた。今そのギャップをつぶさに体験してしまったのだ。年月のおもみ？ をこんな風に味わおうとは思わなかった。

出発点からこんな有様である。この一万歩コースは昔から知っていたが、出来たときから馬鹿にして一度も体験したことがなかった。

その日は三十五度を超す真夏日だった。木陰の道とはいえ、ほとんど上り坂の連続、道は曲がりくねっていた。名古屋市内にこんな山道があるのかと改めて思った。汗は止めどもなく流れた。予め暑さを予想して飲料水をたっぷり用意していたが、熱中症になっても不思議でない天候だった。時間的にいえば半日で終わるコースだったが、途中の風景など少しも意中になく、ただ林の中を夢中で歩くだけだった。

同行の人たちはほとんど男性だったし八十歳の女性といえば、私と私の友人の二人だけだったと思う。何時もだったらそんな年齢を周りの人たちに感じさせない私たちだったが、何時も誰よりも元気だと自負した私が一番先に参ってしまっていた。けれども一行のしんがりだけは、辛うじてキープし、脱落しないようにしていた。

五千歩の中間点の標識をすぎた頃、道はこれから下りになるだろうという勝手な予感を裏切るような上り坂、下り坂の連続、気のせいか益々険しくなるような気がした。「上りがあれば下りがあるさ」と呪文のようなことを唱えながら自らを励まして歩いた。

元気な仲間たちは 行程の半分を通過したことに勢いを得てだんだん加速して（へばり気味の私にはそう感じられた）階段状になった道をさけ近回りするように歩いた。私も遅れじと最後尾から続く。

足を取られるかもという危惧は充分頭に閃いたが「エイッ」とばかり前の人に続いてゴロゴロの坂道に足を踏み入れたトタン「しまった」と思った。「これは大変だ。手をついては駄目。頭は大丈夫？」と考えて、今登ってきた方向へ右腿を下にして滑っていった。

何処もいたくない。まずまず助かった、と一瞬思った。一緒に歩いていた友達が「一寸誰か来て！」と叫んだ。恥ずかしいと思ったが、もうどうにも身動きが出来なかった。動こうとすると、ずるずると滑り落ちるばかり。「ええっままよ」とふてぶてしく援軍を待つばかりになった。たちまちリュックがはぎ取られ、両手を引っ張られて立ち上がることが出来た。その間数分もたっていなかったと思うが冷や汗でびっしょり……。

同行の女性たちが集まって「怪我はなかったの？」と聞いてくれる。「おかげさまで何ともなかったワ」

また何もなかったかのように歩き始める。内心、「お騒がせしました」と消え入りたい気持ち……。

無事一万歩コース歩き終えた後の昼食の美味しさは格別だった。

八十歳直前のさび付いた体力を思い知らされた一日だった。

タオルケット

梅雨明け宣言が出たというのにここ二日ばかりすっきりした碧空を拝めない。どうせ夏なのだから少々暑くても汗がだらだら止まらないくらいに暑くならないと気持ちが夏を味わえない。そんな事をゴチャゴチャ考えると、家の中で寝転んでテレビ相手に時を過ごして居るのが詰まらなくなった。『そうだ、名古屋へ行こう』と思い立った。九十歳だからと言って大人しくしていなければなどという法はない。確かに友達の殆どは年下だが「あなたは元気だねー、杖もつかずに歩き廻っている」と言われる。

私は杖なんか邪魔だから持って歩かない。第一杖なんか持って歩かなくても普通に歩ける(少しは遅いが)。どこと言って痛いところもなく歩ける。傘があると邪魔だから雨が降れば折り畳み傘で、屋根のあるところまで来ると畳んでバックの中へ片付ける。

そんな私が暇を持て余している。大正十五年、西暦一九二六年生まれである。今年は二〇一五年だからちょうど九十年だ。そうすると私は九十歳だ、よくもまあ、こんな年まで生きたもんだと思った瞬間なんだか心が変になった。『私は九十歳だ』と思った瞬間心が萎縮したみたいになった。私の身内で九十歳まで生きた人は居ない。此れは大変だ。八十九歳まで少しもそんな事を考えなかったのに……。

私の心は一度に萎えてしまった。

しかし九十歳ってなんだろうと思った。九十年間ずーっと連続して生きてきたことだ。その間のこと少しは記憶から遠ざかっていることもあるが大体年を追って覚えて居る。随分呆けて居る人もあると聞いてはいるが、私は四歳の時の本遠寺のお稚児さんのことも覚えて居る。幼稚園の事も、小学校の時の事も二・二六の事も、日支事変の事も、勿論太平洋戦争の事もみんな覚えている。

まだまだ私もたいしたもんだ。

私は一度に元気が出た。『そうだ名古屋へ行こう』と想い起ち、尾張一宮駅から快速に乗った。「次は名古屋」である。

高島屋へ行こう。高島屋で何か美味しいものを食べよう。十一階まで一気にエレベーターで。私は十一階が好きだ。本屋がある。

私の好きな中華料理の店『糖朝』もある。そこで『ホタテ入り粥』を食べる。相当混んでいたが「窓際の席にしてね」と頼む。十一階のその窓際の席は桜通りが正面に見える。右側に高い豊田ビル。桜通りを挟んで今建設中ののっぽビル。その内側に中加減のビル。その真ん中に桜通りが伸びている。桜通りはいまの名古屋駅が笹島からここへ移った時にできた。大阪の心斎橋通りを真似て作った、今までにない広い通りだと聞いていた。

桜通りは今まであった道路を広小路通の北側に覚王山の近くまで通した広い道路だ。遠くにテレビ等も望める。

そんな事を考えながら、大好きなホタテ入りの粥を啜りこんだ。

次に行ったのはインテリア雑貨のフランフランという売り場だ。私はそこではあまり買ったことはないが、楽しい店だからである。若い人たちの室内雑貨の売り場だが私の好きなデザインのものばかりが取り揃えられ、目の保養に訪れている。しかし私の部屋には似つかわしくない物ばかりなので、買う事を差し控えていた。私が年齢的にもう少し若かったらなあとそんな気持ちをひきずりながらその売り場を通り過ぎていた。

けれども今日はとってもいい買い物を見つけた。タオルケットである。バスタオルにしては大きすぎる。これからの熱帯夜にお腹に乗せて眠るのにもってこいのサイズだ。いいもの見つけたと思った。値段も手頃。その色は少々くすんだ真っ赤。所謂紅色である。この歳をしてもう赤いものは身につけられないのにこの赤いタオルケットはうってつけである。

私は朝の憂鬱もすっかり忘れて意気揚々と家に帰った。

これからも時々名古屋へ遊びに行こうと思った。

美容院にて

長い間贔屓にしていた美容院を病気をしてから変わった。大した理由はなく、ただ電車に乗ってまで、おしゃれをしなくてもという消極的な理由からだった。しかし、新しく変わった美容院にはどうしても馴染めなかった。相性というものがあるのだろう。一年ほど我慢して行っていたが、とうとう我慢ができなくなって、今年の五月、以前の稲沢の美容院へ行くことにした。からだも復調して少々遠くへ足を運んでも、相性の良いところへ行った方が良いと思えてきた。

久しぶりに行ってみると店内の様子は少しシンプルになっていたが、余りこれといって取り立てた変化はなかった。チーフ始めみんな馴染みの顔だったが、少し気がかりだった男の子がいない。四年前、沖縄の宮古島から高卒でこの美容院へ就職してきた男の子である。チーフから紹介されたとき、おどおどしながら、いがくり頭をぴょこんと下げ、大きな手に私の頭を乗っけてごしごしシャンプーしてくれた素朴そのものの青年だった。行くたびに、雪を見たことがないので今年の冬は楽しみだとか、スキーを覚えたいとか、マフラーというものを初めて買ったとか、生まれて初めて体験したことを目を輝かして話してくれた。

ところが、兄とも慕っていたチーフが、脊椎の病気で仕事を続けられなくなり、退職してしまった。そして古くからいた女性がチーフに昇格した。それからは心なしか、傍目にも元気がなくなったように思えた。そして私の側にも来て話をしなくなった。余り気を遣っては彼自身のためにならないと思い無関心を装っていた。

ある時、スーパーの袋を下げた彼が私の席の背後を通り過ぎていった。側でロット巻きをしていた女の子に「今の、国仲君でなかった?」と聞いてみた。「そうです。国仲君は今日はお食事当番です。私は国仲君と同期だけれど四月からお食事当番をしなくてよくなりました」と誇らしげに言った。男女の区別の無いこの世界の厳しさを感じた。国仲君はこの女の子に一歩先んじられたんだなと思った。

今度またこの美容院の客になって店内を見回しても彼はいない。幸い彼と同期という女の子がシャンプーをしてくれることになったので「国仲君どうしている?」と切り出してみた。「張り切ってますよ。今度、可児の方に新しくお店ができたので、そちらの方へ変わりました」「へえー、元気でやってるのね」「ええ、元気ですとも。沖縄の人は強いですネ。沖縄の人にはとってもかないません」私が顔を見せなかった間、何が起きたのか、起きなかったのか聞こうとも思わなかった。彼なりのいくつかのハードルを乗り越えて、頑張っているのだろうと思った。「そおー、元気なのネ……」「運転免許も取ってね。昨日は後輩を乗せて講習にやってきました」自分の仲間を賞賛するように言っていた。「私のことなんか忘れているかも知れないけど、会ったらよろしくと言っておいてね」

私の心配は杞憂だった。

撮り鉄ちゃん

萩原駅で名鉄電車に乗ると運転席のすぐ後ろの席に小学六年生か中学一年生くらいの男の子とその母親とが乗っていた。男の子は買って貰ったばかりらしいスマホで写真を撮っているみたいだった。電車の中から外の景色を撮ったり、反対車線に停車していた津島行きの電車を写したり、線路に特別興味を持って写したりしていた。それをいちいち母親に見せて母親はそれにいちいち批判をしていた。電車が走り出しても窓からの景色に何回もシャッターを押していた。いちいち母親に見せても中々母親に気に入る写真は撮れないらしく、此方から見ていても微笑ましい風景だ。

やがて次のすれ違い駅の苅安賀に着くと次の津島行きが当駅に到着する迄にローカル線のもどかしさで三分ほど待たなければならない。その間も彼はプラットフォームへ降りて下の線路を写したりしていた。

私も彼の様子に興味を持って眺めながら、ここで彼にいい写真を撮らしてやろうと密かにほくそ笑んだ。やがて前方からカンカンカンと踏切の音が聞こえてきた。私は彼に「前からもうすぐ電車が来るわよ」と話しかけた。「も少し待っていい写真が撮れるわよ」と。彼は身構えた。果たして前方から赤い電車が近づいてきた。彼は何枚もシャッターを切った。

やがて私たちが乗った電車は発車した。彼は母さんに今撮った写真を見せた。かあさんの満足げな笑顔が此方を向いた。私も「良かったね」と笑顔で返した。そうこうしている間に一宮へ到着。エスカレーターの降り口から母さんが、此方を見て「有り難うございました」と言う口でお辞儀をした。画面は見ていないが余程お気に入りの写真が撮れたのだろう。

（二〇一五年一月十三日）

お片付け

新年年明けて四日、昨年の診察の日に「年の初めの診察の日は混むでしょうね」と先生に聞いたら「いや、四日なら空いていますよ」と言われたのに、随分混んでいた。ずっとかかっているお医者さんなのに、この頃特に混むようになった。新年早々ならきっと混まないだろうとみんな考えて来たのだろう、何時もと同じに混んでいた。

尾張病院以来罹っているお医者さんなのにこの頃益々評判が良くなって何時も満員である。小児科では無いので子どもは見かけないが、今日はお母さんと三歳くらいの女の子が私の前にすでに待合室にいた。女の子は待つのを慣れているのか、お母さんの膝元から離れて子供用の本棚の方へ行って本を物色してお気に入りの本を見つけ、手にとってパラパラと見て、どうもお気に入りでは無かったようで、その本を元のところに返し、別の本を手に取り、中を見てまた取り替えていた。三冊目で漸く気に入る本が見つかったらしく、その本を持ってお母さんの傍へ行って本を読み始めた。私はその子の仕草が可愛いので暇に任せてずうっと見ていた。

女の子は診察室から名前を呼ばれると本を元あった本箱まで持ってきて片づけて診察室へ入っていった。私は益々彼女に興味を持って来た。

診察を終えて出て来た彼女は又、先程片付けた本を持ってきて読み始めた。余程気に入った本だったのだろう。その後も一生懸命読んでいた。まだ字が読める年齢でもなさそうなのに、一生懸命本を見ていた。母さんが、受け付けから名前を呼ばれ席を立っても本を持ったまま、その席に座って読んでいた。

母さんが、薬を貰って「帰るよ」と声をかけると彼女は本を片付けなければと一瞬迷った。私はそれを見て咄嗟に彼女に向かって「私が片づけて上げるわよ」とその本を受け取った。彼女は私が元の場所へ片付けるのを見届けて「有り難う」と言った。彼女のお母さんはそんな我が子の様子に微笑みながら私にも会釈した。彼女は優しい母さんにお行儀良く育てられているのだなあと思いながらバイバイをした。

彼女も母さんに抱きかかえられ乍らバイバイした。

（二〇一五年一月十三日）

初日の出

六時三十分カーテンを開けると外はもう明るい。明けの明星が輝いている。晴れているんだ。

「初日の出を拝むことができる」と外へ出た。「寒い！」慌ててコートを取り替えに家に入る。厚いコートをはおって出る。『かはたれどき』の時刻とはこのことを言うのだなと思った。

一月一日の日の出は名古屋で午前七時と昔から決まっている。まだまだ時間は充分にあるが東の空は明るく晴れ上がっている。

目指すは、梅ヶ枝公園展望台。車はまばら、点滅している青信号を走って渡る。公園の中へ入っても誰も人影はない。展望台のある小山を駆け上がる。展望台の上からガヤガヤ声がする。アルミ色の若者用の自伝車が数台乗り捨てられている。「先客あり」かと思う。階段を駆け上がってみると、黒い固まりがガヤガヤうごめいている。高架の上のＪＲの照明に慣れた目は若い男の子たちの一群を確認した。七人くらいは居たようだ。はじめは少々不気味だったが、思い切って声を掛けてみた。

「あんたたち高校生？」「中学生」と言う声が返ってきた。「みんな大きいから高校生だと思った」と、固まりの中から一人、フェンスに向かって飛び出した。おどけた仕草だ「あっ、あの子は小さい。まさしく中学生だ」みんなからどっと笑声。やっとうち解けることができた。「ケイタイ持っているでしょう。今何時？」「六時四十五分」「もう後十五分ぐらいかな、名古屋の日の出が七時丁度だから、山もあるし五分ぐらいは遅いかも」「まだそんなにかかる？」「あなたたち、何時から来てるの」「五時頃から来て居る。寒い寒い……」「ちゃんと新聞かテレビで日の出の時間を調べてこなければ」「寒い寒い……」

私はこの若さだから出来る無鉄砲さを羨ましくさえ思った。私たちは、展望台の上ですっかりうち解けた。

ウォーキングの途中らしい中年の女性が一人駆け上がってきた。「まだですね。よかった間に合って」

東の空が徐々に明るさを増してきた。誰かが「太陽って真東から出るんじゃあないんだね」といった。「そうよ理科で習ったでしょう。今は冬至のすぐ後だから一年中で一番南から出るのよ」「そしたら夏はもっとあっちの方から出るんだ」「そうね夏至になるとずっと北の方から出るわよ」そんな会話をしている間、右側の三角屋根のビルとＪＲの架線の電柱の間の雲が上下に裂け、うっすらと赤みが差してきた。「あそこから太陽が顔を出してくれるといいねェ」黒い雲の上部に金色の縁取りが出来て輝きはじめた。と、雲の裂け目も金色になった。同時に裂け目からオレンジ色の太陽が覗いたと見る間に雲の上にオレンジ色の太陽が弧を描いて輝きだした。展望台の老いも若きも一斉に「ウおォー」と叫んだ。二〇〇三年未年の初日の出だ。感動の光がすべてを包んだ。素晴らしい朝日が全員の顔を照らした。清々しい新年の朝だ。午前七時七分……。

家路へ急ぎながらふと思った。もしあの子たちが、中学三年生だったら、私のあの年の正月にはもう太平洋戦争が始まっていたと。

（二〇〇三年一月）

春霞

最近のわが家の周辺は建物がだんだん建て込んで日当たりも悪くなり、借家の悲しさ誰にも文句を言えず、春霞なんかゆっくり味わえる状態では無い。

そうだ、図書館の窓からなら東の方が一杯に見えるぞと思った。

思い立ったときはまだまだ冬の気配が一杯で、寒さが厳しく最低気温が0度を下まわっていた。まだ春霞という気温にはなっていなかった。

毎朝、新聞を読みに通いながら、広い東窓の前に座り朝刊を見ながら春霞の季節の到来を待ちわびる。今年は寒さが長く続き三月になっても中々春霞という気温が訪れてくれそうもない。

十三日を過ぎると漸く暖かさを感じるようになった。図書館の窓からも一宮市内が少し霞んで見えるようになってきた。しかし、『春霞』と言うにはあまりにも趣がなさ過ぎる。銀座通りの突き当たりに工事中の市役所やブルーシートに包まれた建物を眺めても春霞という感傷とはほど遠い。建物の北側の窓へ行ってみても、名鉄とJRの線路が並行して岐阜の方へ伸びていて、いわゆる春霞の向こうへ消えている。ハハーこれが一宮の春霞か……。しかし、遥かに金華山と思しき山が連なっている。目を凝らしてよく見ると確かにあの方角は岐阜市内だ。やっと、春霞の向こうに金華山を見た。

女学校時代、多分五年生だったと思う。戦時体制が厳しくなって、音楽の時間は他の教科に振り替えられて、殆ど犠牲になっていた。たまにある音楽の時間にこんな歌を習ったような気がする。日本調の歌で、私の心に一番だけ節も言葉も残っていた。

春霞色のちぐさに見えつるはたなびく山の花の影かも

と言う歌だったと思う。うろ覚え乍らその歌は古今和歌集の歌だと覚えて居た。今回『春霞』と言う題が出たとき、直ぐこの歌が口をついた。と、同時にこの歌が本当に古今和歌集からの出典であるか、作者の名前はと思った。早速図書館へ行って調べてみることにした。こんな時図書館が近くにあって便利である。図書館で日本文学の書棚で古今和歌集を見つけ、まず春の歌上から調べて見た。本の編集から見つけやすくなっていた。先ず、上の部にはなかった続いて下を見た。見ていくとあった。百二番目だった。作者は藤原興風《ふじわらのおきかぜ》と言った。女学生時代のこととって案外記憶は正しいものだなと思った。

避暑

五時に起床。先ず朝の飲み物、小松菜のスムージー。昨晩冷凍しておいたトマトを水に入れ薄皮をとり少し堅いがそれを適当に切ってミキサーへ。それがわが家の目覚ましの音。薄緑色のドロリとしたジュースを飲む。冷たい液体が食道を通って胃袋へ納まる。大して美味しいとは思えないが、夏の野菜不足になりがちな独り者には気休めな一品。わが家はこの音を聞いてから一日が始まる。

朝食を済ませ、花の水遣りを済ませ、九時を過ぎると、北側の家の普請の音が始まる。今年の七月から家の北側のIさん宅の建て替えの普請が始まったのだ。大工さんが来て喧しい音が始まるので家に居辛くなって逃げ出す準備をする。さっさと図書館へ避暑に行くことにする。

Iバスで山下病院から一宮駅へ十分足らずで、我が避暑地、駅の六階、一宮図書館へ到着。先ず新聞を見に行く。しかし大抵は一部しか無いので、中々直ぐに読むことが出来ない。適当な雑誌を読んで、その間ゆっくり新聞が空くのを待つ。室内は静か。冷房はしっかり効いているので全く避暑地気分。

暇つぶしに家から持って来た宿題のエッセーに目を通して添削をする。適当に空いている閲覧席を見つけて隣の席でぐっすり居眠りしている人を無視して本を読んだり、自分の世界に埋没する。時々新聞掛の処へ行ってみたりして時間を過ごす。体はすっかり冷えて気分爽快。十一時を過ぎるとモーニングサービスの終わらない内に昼食にありつく。昼食を金四百円也で賄う。

駅の一階のコンコースからエスカレーターで三階へ一気に登ると階下のコンコースの広さと同じ広さのシビックテラスが広がっている。そこは冷房はかかって居ないが、暑さは少しも感じず、返って四階まで吹き抜けになって天井素通しになっているので、風通しが凄く良い。西側は硝子張りで直ぐ向こうは東海道線の線路。その向こうは一番線のプラットホームを望む事が出来る。三階のシビックテラスの広い空間には木製のテーブルと椅子が置かれ、そこに思い思い自由に腰掛けて談笑している。開け放たれた東側は三階目線で市内を望む事が出来、工事中の市役所の上空は真夏の青い空に白い雲が浮かんでいる。

毎日猛暑日が報じられて居るが、ここに居ると猛暑なんか何も感じない。

高校生が屯して菓子を食べたりおしゃべりをしたり、奥さんたちのおしゃべり、笑い声やひそひそ話や、赤ちゃんをベビーカーに乗せたお母さんも来て西側のガラス窓越しに見える東海道線のホームから出発する電車に向かってバイバイをする。

板張りの広いシビックテラスは何も催し事の無い日は別に混雑することもなく三々五々テーブルと椅子を占領して思い思いに屯しておしゃべりを楽しむことが出来る。

一宮市も随分楽しい場所を作ってくれたなあと思った。

（京子注）尾張一宮駅前ビルは二〇一二年十一月に完成している。一宮市役所の新庁舎は二〇一一年着工、二〇一四年に竣工しており、「避暑」は二〇一三年ころの作と思われる。

私の秋の夕暮れ

夕空晴れて秋風吹き

月影落ちて鈴虫なく
思えば遠し故郷の空……

昭和六十年転居した頃はこんな歌が口をついて出たこともあったが、最近は夕方になっても前のアパートの若い人の靴音とドアを開ける音が聞こえると、そのままひっそりとしてしまう。最近まで聞こえていた虫の声も、家の前の庭に草が生えるからと言ってコンクリートにしてしまわれ、草むしりをしない代わりに、四季の移り変わりの風情に全く縁が無くなってしまった。いっそ町の賑やかなところの方が秋を感じるかも知れないと思い秋を探しに尾張一宮の駅へ行ってみる。

女学生の頃、家の仕事を手伝わされるのを嫌って、学校の帰りに、広小路を柳橋までよく歩いたことを思い出した。あの頃の広小路には屋台も出ていたし、ごたごたと賑やかだった。そんな町の夕暮れという感じで懐かしい。まだ灯火管制などという煩わしいことも無かった時代だった。私にはやっぱり田舎の夕暮れより都会の方が似つかわしいと思えた。

しかし、一宮の街はそれとも少し違う。市電が走っていないせいか、重みがない。そんな事を考えながら、駅の三階のシビックテラスのエスカレーターへ直進。広い窓の右の端に見える九階建ての一宮駅前ビル……。夕日に照らされて真っ白に輝いていた。あのビルが建つ数年前、ビルを建てるときの借入金の返済計画を電卓をたたいて、一生懸命社長の手伝いをしていたことを思い出した。あの時の社長は亡くなって何年にもなるが、ビルは立派に残っている。ようやく懐かしさが蘇ってきた。あの時代と違って駅前はすっかり近代的になり、大小のビルが建ち並んでいる。慌ただしく車が行き交う。しかし、秋の夕暮れとは似ても似つかぬ風景だ。下の道路はだんだんビルの影を落とし始め、車たちもヘッドライトをつけ始めた。駅の改札からはき出され家路を急ぐ人たちで混み合ってきた。買い物を済ませて、もう帰ろうかと思う。

駅の西側の入口から西日がぐっと奥まで差し込んできた。

私には生涯忘れられない秋の夕暮れがある。昭和十九年の九月の終わりの或る日。突然何の前触れもなく彼が居なくなった。彼の母さんから「潔は長崎へ発ったよ」と聞かされた。それだけだった。あの時代は何事も秘密裡だった。そんな秋の夕暮れが何時までも私の心に残っている。彼は今でも二十一歳なのに私は九十歳になろうとしている。悲しくなるから想い出さずにおこうと何時も思う。泣き出しそうになる。

タクシーで帰ろう。

タクシーが南を向いて走る。「あの南のずーっと遠い海に彼が沈んでいる」と思う。嗚咽をかみしめて、七百円を握りしめている私を乗せてタクシーが走る。

タクシーを降りて真っ暗で物音一つしないわが家のドアのキーを開けた瞬間、これがわが家の秋の夕暮れだと思った。

（二〇一五年十月）

◇「ちょっとお出かけ」京子の戯言

『戦争と私』を読んだ叔母（アキ子の妹）からお礼の電話があった。その叔母は物心ついた時には戦争が終わっていて、戦後の、日本全体が貧しかった時代の波をそのまま受けて育った世代。だからなのか、「母ちゃんが一生懸命働いてるのに、自分は遊びに行って。デパートで贅沢なもの買ってきて。何でそんなことができるんだろう」とちょっと反感を持った目で見ていたと言ったあと、「でも、姉ちゃんもいろいろ辛いこともあって、それを乗り越えようと必死だったんだね。そういうことは言わないからね。これを読んで、姉ちゃんの気持ちがわかった、なんかスッキリした」と言われた。

我が家を訪れるときも、伯母はちょっと珍しいものを手に現れるのが常で、デパートの包み紙、豪華な箱や缶を、幼い私は毎回ウキウキとした心持ちで開けた。風月堂のゴーフル、コロンバンのワッフル、モロゾフのプリンなどは伯母のお土産で初めて食べたのだった。

そんな贅沢を楽しむだけでなく、伯母はお出かけが好きだった。「歩こう会」に参加して仲間と語らいながら地域を歩いたり、「チャーチル会」では写生旅行でさまざまなところを訪れたりしていた。『戦争と私』にもその時のエピソードをいくつか収録している。

ＪＲの広告「そうだ、京都行こう」よろしく、「そうだ、名古屋行こう」や、「そうだ、鶴舞公園行こう」と気ままにぶらりと出かけることも多々あったようだ。どうも、家に閉じこもっているのは性に合わなかったらしい。

鶴舞公園のエピソードが印象に残っていて、二〇二二年の秋、夏に比べると少し元気になった伯母を誘って鶴舞公園に出かけた。グループホームからはタクシー、公園では車椅子を使っての移動。公会堂を指差し、「あそこは公会堂？地下にレストランがあってね……」と思い出を語り出す。女学校の運動会があったことも学徒出陣のことも潔さんのお母さんのことも。戦後になってからも何度か訪れただろうに、そのことはすっかり飛んでいってしまっている様子。私も伯母の文章で知っている『鶴舞公園』のエピソードをなぞりながら車椅子をすすめた。

落ち葉の季節で、落ち葉を眺めながら、「死ぬ」ということについて聞いてみた。伯母は常々「長く生きすぎた、もう、早く死んだほうがいい」と言っていた。私は「そんなこと言っても、神様はそう簡単には死なせてくれないんだよ。コロナにかかって入院しても、生きて戻ってきたでしょう」と返し、でも私はいつ死んでもいいと思っているとこぼしたら、逆に「死をそう簡単に語ってはいかん」と嗜められた。そして「誰も死ぬということは経験したことがない。死ぬのは怖い。死ということは恐れ多いものだ」と繰り返した。伯母が亡くなるちょうど一か月前のことだ。

生きている時の伯母にとっての最後のちょっとお出かけは鶴舞公園だった。そして、病院で息を引き取った後、斎場までの道のりを、運転手がご自宅の前を通っていくこともできますよと言ってくださったので、私は迷わず「大瀬子橋を渡って国道一号線に出る道を通ってください」とお願いした。伯母が子ども時代を過ごした場所。今はすっかり様変わりしてしまったけれど、最期のちょっとお出かけで伯母は思い出の地を通ることができた。

第六章　我が家のお話

蛍

近年の我が家の真夜中風景。

真っ暗な深夜、家中を見廻すと、蛍とは見まがわないにしても、あっちこっち、小さないろいろな明かりが見受けられる。

確かにこんな光は、十年前には見受けられなかった。家中のさまざまな電子機器につけられた小さなランプである。

まず台所の窓の上に、ガス会社や消防署から、独居老人には是非と勧められたガス漏れ警報器の青いランプ、これは蛍の光そっくり。電子レンジの時間の表示、いつも使用しない時には『0』の白い光。ＩＨＩの炊飯器には「予約」が青、「炊飯」が赤く光っている。

リビングはパソコンが鎮座まします。電話の取り入れ口にはインターネット用のＩＮＳの機器についているこれも蛍のような青い小さい光。パソコンの電源のコンセント、これは効いているかどうかわからない雷除け。それにパソコンの付属機器の配電用のコンセントのスイッチ。電話機の赤いランプ。留守電応答用のこれもまた赤いランプ。留守電を受けていると黄色の点滅。寝室の枕元の電話の子機の赤い小さいランプ。テレビの電源のランプ。

こんな光たちが夜中じゅう私の寝顔を見守っている。真夜中ふと目覚めて、しばしこの光たちに見とれ、楽しんでいる。これを風流と見るか、奇怪とみるか……。

七十五歳の独居ＩＴ老人の真夜中の一シーンである。二十一世紀の文化生活と自負すべきか？

庭の花

我が家の庭に撫子の花が咲き出した。繊細な優しい花は私の大好きな花の一つだ。

色香も深き撫子の
弱き腕にも力あり

という女学校の校歌を思い出す。昔の日本女性は嫋やかだったのでさもありなんと思うが、現在ではあのしおらしい姿を見てどう思うだろう。淡いピンクの花がか細い茎に一斉に群がって咲くので辺り一面が明るく和やかになる。今でもやっぱり大和撫子という言葉は生きていると思う。そう思いたい。

少し時期は過ぎたが余り派手ではない山紫陽花も私の好きな花だ。これは数年前、菱川さんのお誘いで教室の皆さんと伊那谷へリンゴ狩りに行った時、帰りのバスを待つ間、バス停のそばのマーケットで買った花だ。

花はガクアジサイに似ているが、ガクアジサイよりずっと小振りで、咲きかけから散ってしまうまでの変化が美しく、その表情は外側の花びらが白から次第に赤くなりついには濃い紅色になるのでとっても楽しみな花だ。

パンジーは最近たくさんの品種が作られて楽しみな花だったがもう時期は過ぎてしまった。ペチュニアもあでやかで美しい。今年は天候の加減で最盛期が分からぬままに時が過ぎてしまったような気がする。いつもならパンジーとともに我が家の庭を百花繚乱とばかりに彩ってくれるのだが、今年は少し寂しかった。

それに引き替えマーガレットが白、ピンク、濃ピンクと咲いてくれた。マーガレットはたくさん枝分かれして一斉に花を開くので華やかだ。

同じような花で浜菊は、茎がまっすぐ花も大きくたくましく咲くのでマーガレットに比べて可憐さに劣るが、夏に咲く、白い花として存在感がある。

マツムシソウは派手さはないが、夏に欠かせない薄紫の美しい花で、私の好きな花の一つ。矮性なので、余り大きくはならない。

金蓮花は二月頃から植木鉢からオレンジ色があふれるくらいだったが今は盛りを過ぎてしまった。

我が家の花は総て順調に育ってくれて居るとは限らない。何年もかわいがっていたエリカが突然枯れてしまったのだ。今年は珍しく冬になっても華やかに咲いていたのに、水遣りを忘れたのだろうか一日ですっかり枯れてしまった。そんな悲しいこともある。

これがまぁ我が家の庭の原風景だ。といっても我が家の庭はマンションや二階建ての家やアパートに囲まれていて、冬は全く太陽の恩恵を受けない二坪弱の庭である。しかし春の彼岸から秋の彼岸までは植物の生育に全く関係のない日当たりになる。

この限られた空間は私にとって、最高の楽園である。水遣りをしたり、花がらをとったりする。毎日の仕事として花たちの姿をケイタイのデジカメで撮り、それをパソコンに記憶させて、その日のホームページに載せる。これが何よりの楽しみである。

このささやかな記録と私の安否を毎日のホームページに載せることが私のライフワークである。

それから、もうひとつの素敵な楽しみは、垣根の外からそっと訪れてくれるかわいいボーイフレンドである。幼稚園から帰って我が家の花をそっと見にくるお花好きな男の子で幼稚園の年長さんだ。時には花を切って花束にして進呈することもある。

我が家に訪れる一番歓迎したい訪問者である。

（二〇〇九年六月二十日）

山紫陽花

今から八年くらい前だったと思う。エッセーの会の皆さんと、会員の菱川さんの馬を見に行った事があった。

バスで中央高速を飯田で降りて、菱川さんの所属する馬場へ着いた。詳しいことは大体忘れてしまったが、馬が何頭か居て、菱川さんの所有するドイツ生まれの馬も居た。丁度リンゴの実っていた時期だったのでリンゴの木から自分でもいでいくつでも食べられた。おまけに皆さんは馬にも乗せて貰え、私を除く皆さんは乗馬を体験された。私は、いくら薦められても乗ることを躊躇した。あんな大きな生き物に乗る気持ちには絶対なれなかったのだ。先生始め楽しそうに馬場を回っておられた。

あのときのお天気は上々で、付近の景色も素晴らしかったし、リンゴもおいしかった。近くのレストランの食事もおいしかった。そこの地形は、天竜川の流域らしく東に向かってどんどん傾いていた。天竜川が見えていたかは覚えていない。何しろ随分時が経って居るので記憶は薄れてしまっている。只、あの時買った、山紫陽花の木が未だに私の手元にあるので、それから連想することははっきり記憶にとどまっている。

あれは道の駅というのだろうか、マーケットのような所で野菜だとか土産の菓子だとかごちゃごちゃ売って居た。そこで山から出てきたような風体のおばさんが山紫陽花の木を売って居た。

私は紫陽花は知っていたが山紫陽花の花は記憶の中になかったので、多分額紫陽花のような花が咲くのだろうなぐらいに思い、木も小振りだったので買ってしまった。

家へ帰ってからもさして気にも止めず、適当なコンテナーに植えておいた。花の咲く時期が来ても、中々花を見ることが出来なかった。多分こういう山草系の花は中々その土地の気候にも合わないからと余り気にも止めず毎年、適当に剪定して庭の片隅に置いておいた。ところが昨年の夏、紫陽花の剪定の仕方という本が目にとまったので、山紫陽花だってアジサイの仲間だと思って、その剪定方法を実行してみた。今年になって花が何輪も付いた。はじめは小振りな地味な額紫陽花のような花が咲いたので、やっぱり「山」と名がついているので地味な花だなあと思って余り期待していなかった。好天の日が二、三日続いたある日、白い花びらが赤く染まって居るではないか。アジサイという名に相応しくない綺麗な鮮やかな赤である。それから一日ごとにだんだん赤く染まっていった。周りのグリーンの葉に映えて、その赤が本当に美しかった。長年少しもその美しさを秘めていると思えなかったのに、買ったばかりの苗がやっと熟成したのか、剪定の方法が良かったのか、心から『天晴れ』とほめてやりたい気持ちになった。それに、根気よく山紫陽花を面倒見ていた花好きの私に『天晴れ』と言ってやりたい。

胡蝶蘭

毎日暑い日が続いて、庭の花たちがだんだん枯れていく。

毎朝、花の写真を撮ってホームページに載せるのを日課にしているが、カメラを向ける花が少なくなってしまった。花を補充しようと買いに行っても、小さな花屋は苗のコーナーを店じまいしてしまっていたし、大きな園芸店でも、ましな花苗は殆ど見かけなくなってしまってい る。例年なら色とりどりのペチュニアの真っ盛りだし、夏の様々な花を売っていたし、もう気の早い園芸店では、パンジーやビオラなどの秋冬の苗が売り場に並んでいるのに、今年は此の異常気象である。何回、園芸店に足を運んでも、がっかりして帰って来る始末である。

毎日のホームページに載せる花が欠乏状態で困り果てている。しかし、ホームページをこれからも続けるために今残っている花だけで、無い知恵を絞って構図を考え、アングルを変えて花たちを撮り続けようと悪戦苦闘の毎日である。

秋頃から咲くマーガレットは五鉢もあったのに今年はつぎつぎと枯れてしまい一鉢もなくなってしまったし、ゼラニュウムは本来なら真っ盛りな筈なのに 葉っぱがみんな黄色くなって、とうとうみんな枯れてしまった。

元気な花は桔梗である。彼女はつぎつぎ花を咲かせてホームページに協力してくれている。蕾は緑がかった紫で紙風船のようにふくらみ、それが五つの花びらに別れた姿は色といい形といい日本的で可愛いので好きである。この暑さの中で花は咲き終わっているが撫子との取り合わせは日本情緒たっぷりで好きだ。在来からの日本原産の花は、少しくらい厳しい季候にあっても堪えうる力を持っているのかも知れない。

ダリヤもこれからの花で、暑さに強い筈なのに、中々蕾が大きくならない。

日陰に入れて夏を過ごせさせたスパティフィラムは今年、鉢を一回り大きくしてやったせいか、いっぱい株を広げ、花もつぎつぎ咲いてくれて地味だけれど勢いっぱい夏をたのしんでいるが、色彩的には画面を飾るには役不足だ。

しかし、胡蝶蘭とデンドロビュウムは、この頃の気が狂いそうな暑さがお気に入りの様子で元気いっぱいだ。特に胡蝶蘭は名古屋の丸八の日の八月八日に蘭の館へ行って、無料で貰ってきた鉢である。今年は行かなかったが、殆ど毎年のように行って、頂いて来ている。今まで一鉢も枯らしたことのない鉢が四鉢になった。それが今年は特別元気がよい。特に昨年咲いた白の胡蝶蘭は今年になって伸びた葉の長さが三十糎にもなり、幅も十五糎になった。根もゾロゾロと張って、このまま調子がよければ、きっと来年の花を期待出来よう。ほかの三鉢もそれぞれ去年までと比べると、艶やかで緑も濃くのびのびしている。デンドロビュームも負けず劣らず株も増え、葉もつやつやしている。

もう一つ元気な花はクリスマスローズ。名前は良いが、私は余り好きな花ではなかったが今年の春、思いつきで買った。そんな理由で大事にしていなかったにも関わらず大きな葉っぱを思う存分拡げ、元気そのものである。大体この花はお正月を過ぎてから咲く花で純白で美しい物もあるが、我が家の彼女は添付されていたラベルを見ると茶色がかったエンジで決して美しい色ではないらしいが、まだ一度も咲いたことがないので判らない。

今までホームページに載せる花の写真はその日に撮った最も新鮮な写真をという信条を守っ

てきていたので、これからもそれを守ろうと心がけているが、もうすこし涼しくならないと無理かも知れない……と、いらいらの毎日である。

朝の月

今年の夏は去年までと、全く住まいの環境が変わってしまった。殊に南側と東側の変化は著しい。一昨年、私の住まい一帯を所有していた地主さんが亡くなり、お決まりの相続税で半分以上を手放された。そのため私の住まいの周辺は一変してしまったのだ。土地を手に入れた人は、今まで、荒れ放題だった空き地や空き家を整理してマンションや自宅を建て始めた。我が家の南側は息子さんの奥さんが相続したらしく女性らしい配慮が施された二階建てのワンルームマンションが建った。そのおかげで我が家も伸び放題の山茶花や余り手入れが行き届かなくて雑草の生えるに任せてあった庭が整理され、綺麗になった。山茶花の生け垣が取り除かれたら庭が倍になったと思うほど、広く感じられる。その上、夏になると恐怖にさえ感じていた雑草が生えない。庭に小石が一面に敷き詰められたのだ。それが私に思いのほかの満足を与えた。初めのうちは、石の下に残っていた雑草の種がドンドン芽を出した。その芽は貝割れ大根よろしく白い茎を伸ばして、出てくる。それを出てきた先から抜いていくのである。それは病みつきになるほど面白い。一渡り抜いても、翌朝になるとまた出ている。いかにたくさんの雑草の種が落ちていたかである。初めのうちは雑草との戦いである。しかし、もやしのような雑草は抜き取るのに余り力は必要としないし、第一面白い。暇つぶしには持ってこいである。一本も残さず摘み取れば良いだけである。何日も続けるうちに、殆ど出てこなくなった。その庭は随分快適である。お天気のよい朝はその小石を突っかけの下駄で踏み締めるとじゃりじゃり心地よい音がする。神社の玉砂利を踏む音である。思い切り空を仰いで深呼吸したくなる。

建物に仕切られた庭の上空は東から細長い空が広がる。東の端は名鉄の高架で区切られている。その上を時々電車が轟音を鳴らしながら通り過ぎる。その間ほんの数秒、建物と建物の間を通過する間だけ。あとは静寂に戻る。

西に向かって頭を巡らすと、端はどこかの屋敷の立木だろうか、その空は大木の向こうに消えるまで、それを遮る電線一本ない。不思議な空間である。

今朝、長い梅雨空が続いた後の素敵な晴れ間、空を仰ぐと頭上に月を見た。レモンの輪切りに失敗した時のような下弦の月、超ワイドな画面に消え入りそうな旧暦六月二十二日の月である。

朝の月を今までこんなに意識をして見たことがあっただろうか。ただ広い空を見ているだけだったら、繊細な月などに気がつくことはないだろう。区切られた空間から見たからこそ、思わぬ発見をしたのではないだろうか。太陽が昇るにつれ、薄切りのレモンは空に溶けるように見えなくなる。

月と太陽

九月二十六日の夕方、買い物から帰る道すがら、南方、西に傾いた月を見た。ひとかけらの雲もない澄んだ空だった。建物に囲まれた狭い空だったのでもう日の入りの時期だったろうと思った。上弦の美しい月だった。急いで家に帰りＲＵＮＡ（ルナ）カレンダーを見る。今日は月齢が五日、日の入りが十七時三十三分とあった。あれが五日の月かと改めて思う。周りの背高のっぽの建物たちに囲まれた我が家から見える空はだんだん狭くなって来るので、せめても月が見えたときぐらいはと思って毎年、月のカレンダーを買って楽しんでいる。

子供の時から、お月さまが好きだった。特に夏の月は家の表の道路端に出した籐の長椅子に寝そべって何時までも見ていた。そして向かいの弘さんの上手なハーモニカを聞いていることが多かった。あれは私に捧げるセレナードかも知れないと勝手に想像してロマンチックな夢を見ていた。

秋の月は楽しかった。近所のよねちゃんやれい子ちゃん、絹子ちゃんと影踏したことなど思い出す。けれども窓越しに見る冬の月は、とぎすまされた刃物のようで怖いなあと思った。

今朝、十月八日五時に起きて西の空を見てみた。十六夜の月が見えて嬉しかった。十五夜はあいにくの天気で、おまけに月見団子もススキも買わずに過ごしてしまったのに、今朝は早起きのご褒美のように素晴らしい月を見ることが出来た。一抹の雲もない空だった。

お彼岸が過ぎても暑い日が続いていたので、南側の家の影が我が家の庭の半分まで来ていることにうっかり見過ごしていた。庭の花たちには午前中のほんの僅かな時間だけしか日が当たっていない。太陽の軌道が真夏に比べて随分低くなっている。建物と建物の間の我が家の庭は気をつけないと思わぬところから日陰が忍び寄ってきて、思わぬところに美しい朝の陽が差す場所ができる。

大急ぎで花たちの鉢を家の東側の日の当たる場所に引っ越しをしなければならない。夏の間、ほとんど当たらなかった場所が立派な日の当たる場所になっていた。

我が家の限られた面積の中の庭仕事は、太陽の光を追っかけながらの毎日が続く。秋から冬に向かう季節は太陽の光は花たちにとって、大切な恵みだ。特に朝の光は植物にとって慈愛の光だ。午前中の光だけで殆どの花は咲いてくれる。夏の午後の光には特に弱いランなどは日よけが欠かせない。そんなとき花たちのために太陽の光を日よけを一重にしたり二重にしたり調節しなければならない。

いろんな方からの頂き物のランたちは、すでに日光が一番適度に当たる家の中に鎮座ましまして、これから春にかけていかに良い花を咲かせるかという難題を自身に課している。

我が家の花事情

我が家では、ゼラニューム、パンジー、ビオラ、プリムラ・オブコニカ（西洋桜草）それにガーデンシクラメンが咲いている。この花たちは、去年に比べて環境がすっかり変わってしまった庭でいかに冬でも花を咲かせるかと、私の苦心の結果、咲いてくれている花たちだ。

私の大好きな花アネモネは寒気の激しい間スーパーの袋を被せておいたが、日照不足がたたって未だに咲いてくれない。昨日そっと葉の根元を見てみたら蕾の赤ちゃんが土から首をもたげていた。もうすぐだなと思う。葉は結構太っているので、これからはきっとたくさんの花を咲かせてくれるだろうと期待している。アネモネは私の画材として最も期待している花だ。たくさんの花を束ねて写生したい花だからだ。

水仙は去年の整地で根こそぎ取り去られたと思っていたら、球根が残っていたとみえて庭の此処彼処から芽を出し始めた。夏まで肥料を与えて葉がすだれたら球根を掘り上げて来年は良い花を咲かせてあげようと思う。

去年から日当たりの条件が全く悪くなった我が家の庭で咲かせる花の種類は限られている。

私はゼラニュームは独特の匂いがしてあまり好きではない。夏の間は暑さや湿気に弱く、目にも痛々しい姿の彼女だったが、秋になって日射しが弱くなると、俄然、元気を取り戻してきた。

この花は緯度の高いヨーロッパの軒先を飾る花だから、冷たい風にさらさなければ、日照時間の短い我が家でも冬を持ちこたえることが出来るかも知れないと思った。ところが彼女は突然元気を出し始め、茎はどんどん伸び、うす緑色の葉も広げておまけに蕾も大きな固まりを付け始めた。もう冬至が近い鈍い日射しの中でどの花たちよりも鮮やかに咲いた。匂いといい、色彩といい、姿といい自己主張の強い花だと思ってあまり好きではなかった彼女を少しは見直す機会を与えてくれた。しかし、雪が降ったり、凍てる外気にさらされることを思い、服を買うときに入れてくれるセロハンの底を抜いて被せてみた。セロハンなら百パーセントに近い光を通すことが出来るので正解だった。

冬至から二カ月も過ぎ我が家の陽当たりもようやく改善され、コンテナーや植木鉢を移動させる労働から解放され、花たちもそれぞれの定位置で花を咲かせることになった。

ゼラニュームも狭苦しいセロハンの衣を脱いで、葉をいっぱい広げ、蕾も沢山付けて一番陽当たりが良く風の当たらない場所で市民権を得て咲いている。

その他の花も春を先取りして目一杯咲いている。直径5センチ以上もあるパンジーは紫・黄・白・ブルーと鮮やかな色を咲き分けているし、西洋桜草はのびのびとその花茎を伸ばし白とピンクの花をいっぱい開き、丸いコンテナーの中央で、周りの黄色と濃紫のビオラを従えてもう春だよと咲き誇っている。

ガーデンシクラメンは一生懸命寒さを耐えてきたよと言うように可愛く咲いている。

とってもささやかな我が家の花たちだが、無事寒さを乗り切ってくれて有り難うとお礼を言いたい。そして、お日様を追っかけて花たちを世話した私にも、花からの感謝の微笑みをもらったように思う。

ただひとり胡蝶蘭は家から少しも出されず家の中の陽当たりを選んで置かれ、ただひたすら暖かになるのを待ち侘びている。

今日の午後のお茶は、ロイヤルミルクティーでも入れてゆっくり花とお話をしよう。

土

一昨年から我が家の庭には小石が敷き詰められ土が無くなってしまった。それ以来庭に雑草が生えなくなり、草取りの重労働から解放されてホッとしている。しかし、良いことの反面には必ずマイナスの結果を伴う。

今まで狭いながらも庭という場所には土があり、その土に木が茂り、花が咲いて一寸したガーデニングの真似事も出来たし、部屋にその花を生けて楽しむことも出来た。ところが石を敷き詰められた庭は清潔で安全そのものだ。

しかし、僅かとは言え庭と称する場所には植物が欲しい。そこで、コンテナーや植木鉢に草花用とかいう土をビニール袋入りで日曜大工ショップで買ってきた。

そこへ苗を買ってきて植えたり、種を蒔いたりして花を咲かせた。その土には色々な成分や土が配合されていて、私が作る初級の花ぐらいは作ることが出来る。去年の夏から今年の春までかなり美しい花を楽しませてくれた。

一昨年から廻りの空き地にマンションなどの大きな建物が建って陽当たりが悪くなってしまったので、秋から冬にかけて、陽当たりが悪くなっても、手間さえ惜しまなければ、太陽を追いかけて移動させることが出来た。そのため植物たちが要求する最少の日照時間だけは確保できた。特に春になってからは爛漫の……自己満足の域を脱していないが……花たちをみることが出来て私なりに満足している。

ところが、夏に咲いた朝顔の鉢に残った土をどこかへ捨てるか再利用法を考えなければならない。そのまま利用してしまう方法もあるかも知れないが、連作障害とはいわないまでも、限られた植木鉢の中で見事な花を咲かせ酷使した土をそのまま使って良いものか分からない。今までのように庭の土があれば鉢の土をただ戻して新しい土を植木鉢に入れ石灰とか腐葉土とかを入れて又苗を植えたり種を蒔いたり出来る。勿論直接の庭に苗を植えたりも出来る。今はマンション上階に済んでいる人と同じように庭の土に直接植えることも出来ないし土のやり場に困ることになった。

日曜大工の店へ行ってみると『土のリサイクル剤』というものを売っていた。早速それを買ってきて土に混ぜて、アイスランドポピーとルピナスの種を蒔いてみた。説明書に酸性土壌を嫌うと書いてあったので、念のため消石灰を混ぜておいた。

ペチュニアの苗も色々植えてみた。今ポピーは花盛り、ペチュニアも随分楽しませてくれてホームページを飾るのに事欠かなかった。土の再生は成功したと言って良いと思う。

お陰で去年の夏から始めたホームページも何も大して書く記事が無くても『花の日記』に写真を載せることが出来て、毎日更新できている。

それにもまして嬉しいことは、雑草撲滅のために敷き詰めたバラスの下から、茗荷が勢いよく伸びてきたのだ。昨年の秋には茗荷の子が四十個程収穫できて食膳に上ったたし、今年はもっと沢山ふえて伸び出してきて、お裾分け先を心配しなくてはならないだろう。

バラスの下には肥沃な濃尾平野の土が健在だということを物語っている。

母の味

初夏の頃、教室の帰りにいつも寄るＪＲ高島屋のデパ地下青物売り場で、一束を三つも無造作に括り付けた葉附き生姜に、たった百円の値段が付いていた。「良いものを見つけた」と前後の見境もなく買い物籠に放り込んだ。五百円を少し超えるぐらいの買い物の中にその生姜は大部分を占めた。レジの女性に「葉っぱを落としましょうか」と言われて「そうして下さい」と言いながら高島屋の大きな紙袋にどっしり百円の生姜が収まった。

さてこの嵩張る生姜をいかに始末するかは家に帰っての課題である。昔、母に教わったように綺麗に土を洗って、茎を一本ずつにして大きいものは縦半分に包丁を入れ、塩をしてざるに並べ天日に干した。あとはそれを器にたて梅酢につけたものであるが、我がシンプル生活にそんなものはない。スーパーに売っているかもしれないと行ってみた。果たしてビニール袋に入った赤梅酢を売っていた。半日ほど浸けて味見してみたら、母の思い出の中に残る梅酢漬けとは微妙に違う。こんなにたくさん食べられるかしらと思って取りあえず冷蔵庫にしまっておいた。

『きょうの料理』を見ていたら『甘酢の基本を作る』という番組があった。子供の頃、胡瓜の酢もみが大好きだったことを思い出した。胡瓜揉みに焼き麩を水で絞って入れた単純な料理だったが、懐かしい味だった。戦後酢が酢酸で作られていたのか、酢の味が舌を刺すようで嫌いになってしまった。甘酢の配合の胡瓜揉みだったら、美味しいかもしれないと思った。レシピに従った配合で作ってみた。勿論酢は『米酢』である。だしで薄めた酢で作った胡瓜揉みは子供の時の母の味だった。その時の番組で紹介された、赤玉ねぎのピクルスも作った。珍しい味で美味しかった。常備食にして楽しんだ。

前に作った生姜の梅酢漬けの中にこの酢も入れてみた。見違えるほど美味しくなって蘇り、冷蔵庫の中の居住権を得た。夏中の食欲不振を解消してくれた。それから何度も葉附き生姜を買った。今年は豊作だったのか秋まで驚くほど安く手に入った。おかげで冷蔵庫の中は瓶詰めの生姜の酢漬けで潤った。

九月に半田の酢のメーカーを見学した。工場へ近づいただけで酸っぱい匂いがした。日本一のメーカーだけあって誇らしげに酢を作っていた。

私はスーパーでもデパ地下でも野菜売り場を歩くのが好きだ。そこで珍しいものを見つけてはいろんな料理に挑戦してみるのが好きだ。だがいつも成功するとは限らない。どうしても私の味覚に拒否されて、生ごみに直行することがままある。

先日、デパ地下で胡瓜の山積みの陰に、人差し指くらいの太さで十センチ足らずの姫胡瓜七本パックを見つけた。胡瓜のピクルスにぴったりだと思って買って帰った。板ずりして、広口瓶の長さに切って詰め、前述の『基本の酢』を注ぎ、薄切りの乾燥にんにくとローレル、グローブのスパイスと細く切った輪切りの唐辛子を入れてつけ込んでみた。三日ほど経つと良い色に浸かってきた。試食してみると、こりこりと歯切れが良かった。市販の瓶詰めのピクルスよりも味も歯切れも私の好みに合った美味しいピクルスが出来た。冷蔵庫に入れておけば日持ちに問題なく、生姜漬けとともに毎日食べる鰯の丸干しによく合った。

一昨日、千葉の甥からお歳暮が届いた。瓶詰めが四本、柚蜂蜜というものだった。五倍に薄めて飲むと美味しいと説明してあったのでお湯で薄めて飲んでみた。酸っぱかった。

甥のお嫁さんが私の健康を気遣って送ってくれたのだ。

今年は『スッパイ物語』で暮れようとしている。

土鍋で炊く

米をといで、水を計り、時間を合わせてセットしておけば自分の好きな時間に美味しいご飯が炊けているという生活に慣れきってしまっていた。

仕事を辞めてからもずっとこうしてご飯を炊いて食べていた。

ふと我に返るともうそんな長い生活の間、何の疑問もなく過ごしてきた。ご飯を炊くことについてはみんな東芝さんや松下さんがやってくれていて、さも自分が炊いたご飯のように錯覚して食べていた。

ある時、雑誌で土鍋の広告を見た。自分の命の源になるご飯をもっと真剣に作ってみたくなった。何処に食事に行っても、ご飯の美味しいお店とそうでない店の格差に驚くことがある。どうせ自分が毎日食べるご飯だから、イージーな気持ちで炊くのではなく、ご飯だけは自分で出来る最高のご飯を食べたいと思った。

その時、土鍋の出現である。これで行こうと決断。早速通販で注文、ついでに、蒸し器と、蒸し焼き器とを注文した。数日後、大きくて重い荷物が宅配された。すぐ土鍋以外のは余分だったと気づいたが、これが通販の弱点だと思った。しかし腐る物ではないからと自分に寛大だった。

さてその土鍋である。箱の中にマニュアルが入っていた。そのマニュアル通りご飯を炊いてみると堅さなどは、おおよそうまく炊けた。炊き方は水に漬け置くこと何分、ガスに火を付けてから鍋の穴から湯気が出てから、何分ぐらいで火を消す。火を消してから蒸らす時間が何分と決められている。米をかして（京子注　米をといでを意味する名古屋弁）から出来上がるまでおよそ一時間かかることがわかった。

これを確実に実行するにはガスの側にいることはせず、タイマーを掛けて炊くことにした。パソコンを叩きながらでも他のおかずを作りながらでも出来る。

こうして土鍋で御飯を炊く事をマスターしてしまった。

何かに挑戦することの楽しさを味わうことが出来た。

これに力を得たというわけではないが、パソコンのメモリーを効率化しようと思って、ＤＶＤやフロッピーの整理の煩わしさから解放されるため、外付けＨＤ（ハードディスク）にしようと思い、電気店で買ってしまった。

何しろ万年ビギナーの私、予備知識も何もないまま無謀にも勢いで買ってしまった。

いざ取りつける段になるとトラブル発生。誰もアシストをしてくれる人がいないのでメーカーに直接電話した。一時は買った機械を無駄にしてしまおうと思ったが勿体ないと思って意を決して電話した。

こちらはパソコンを操りながらの電話の応答である。メーカーの担当者は、当方のパソコンの画面を電話口の向こうで想定しながらのやりとりである。

会話はなかなか噛み合ってくれない。

先方もこちらの知識を探りながら、私も画面を見ながら分かろうと葛藤の連続だ。長い三十分であった。こちらも必死に食い下がり、とにかく理解することが出来て、機械は正常に作動するようになった。疲労困憊して電話を切った。

しかし、その後は何にも例え難い爽快感があった。疲労も吹き飛んでしまう。若くて機械に精通している人ならともかく。覚えたこともすぐ忘れてしまう年齢になってこの作業は相当負担がかかる。でもやり通した。

すべて上昇気流に乗ってなんてかっこいいことは出来ないけれども、春の空のような風に乗ってゆらゆらと好奇心を道連れに昇っていこうかなと思う。

（二〇〇八年四月）

ガスレンジ

二年程前、ガスレンジを買い換えた。テーブル部分が硝子製で、やや洒落たデザインだった。只それだけで、そのレンジの機能とか何も考えずに、何となく買ってしまった。

テーブル面はテレビの宣伝通り美しかったし、吹きこぼれも濡れ布巾で軽く拭くだけで、ピカピカに綺麗になった。

ガス屋さんがレンジの隅の方を指して、

「電池は切れたらここから入れ替えてくださいい」と言っていたので「ヘエー何故？　電池を何に使うのだろう」と怪訝に思っていた。

その時、説明書の冊子を置いていったが、「ガスレンジを使うのに取扱説明書がいるのかなア」と思ってその内容も見ずに、机の上に置いたまま何処かへ捨ててしまったらしい。

数日して、魚を焼こうと思って魚焼き器の所を見てみると、色々な操作方法が表示されている。ものを焼く場所に魚を置いて、いざ焼くとなると様々な手順を踏まなくてはならないことが判った。まず、オートメニューのボタンを押す。焼き加減は強め、標準、弱め。姿焼き、切り身、干物。火力切り替え、上・ド。グリルタイマー。魚を焼くのにこれだけのボタンを押さなければならない。そしてボタンを押す度に、小さい赤いランプが点滅する。

そのほか右のコンロは火力を調節するにはバーを左右動かさなければならないし、高温にするのはボタンを三秒押さなければならない。

そのボタンを押すごとに、何も考えずに無意識にこの器具を買ってしまった自分の迂闊さに気がついた。

ただ、今までのお勝手道具として、むかし通り煮炊きだけして来たことに少し疑問を感じた。もし私の傍に誰かいてその説明書を見てくれる人が居たら、このガスレンジが今までのものと大分機能が異なっていることに気づいたであろうと思う。

そして、改めてガスレンジを見てみると、今までのものとは全く違う電気器具のような様々な機能があることに気がついた。

右側は魚焼き器と右側のコンロ用に火力を強くしたり弱くしたりするボタンがついていて、そのボタンを三秒押すごとに設定が変わるようになっていた。

左側のコンロは……。説明書がないので各部の名称が判らない。ガスを点灯する大きなプッシュボタンは判るが、その上にご飯、おかゆ。そのほかにボタンが幾つもある。押す度に赤い小さな電気の明かりがつく、このために電池が要ったのだと判った。

色々試してみるとそれぞれの機能が判った。と同時に私のような年寄りの独り者がこんな新しい器具を使いこなすには相当努力が要ることも判った。

ガスコンロは私の物心ついた頃から既にあった。勿論、昨今の様なガスレンジではなく、ただのコンロだった。戦時中は、ガスが不足して途中で消えてしまうようなアクシデントもあった。

戦災で田舎へ引っ越すまで、ガスも水道もある便利な生活をしていた。しかし、戦後はご多分に漏れず原始時代の様な生活で苦労した。藁で秋刀魚を焼いた事もあった。

そんなことを考えながら、弱火で十分、セットしてコトコト蓮根を茹でながらパソコンでエッセイに手を入れている私……。

黄色いゴム長

もう三十年近く以前勤めていた会社の昼休みに、何となくおしゃれのつもりで黄色の長靴を買って会社へ帰った。

それを見つけた会社の若い人たちが、みんなで大笑いしながら「貝谷さんそれをあんたが自分で履くの」とはやしたてた。今のように若い人も年寄りも何でもありの時代と違って五十歳を過ぎたおばさんそのものの私が、そんな派手な長靴を履くのに違和感を覚えたらしく、みんなで囃し立てた。「台風で家が倒れて下敷きになったとき、黄色い長靴を履いていると早く見つかるから……」とあっけらかんと笑って通した。

その時に買ったゴム長がまだ下駄箱の隅に鎮座ましましていた。

あの頃は台風がよく来たし現在の住所よりずっと田舎の佐千原というところに住んでいたので、ゴム長を買う気になった。

買いはしたものの当時自転車通勤していたし、長靴を履かなければならない災害などなかったので、ずっと下駄箱の中で眠っていた。その後、現在地へ転居しても一度も足を入れることなく下駄箱の住人として忘れるともなく居着いてしまっていた。

黄色い大きな図体をした長靴はよく目にはついていたが、一度も出番がなかった。以前の佐千原のような田舎と違ってほとんど長靴が要るような場面には遭遇しなかったのだ。

もう要らないかも知れないし、大きな図体の長靴は下駄箱の邪魔者になりかけていた。捨てようかなと思っていた矢先、二〇〇〇年の九月十一日の東海豪雨である。あの時は、今まで経験したことのない雨の降り方だった。台風十四号の襲来だった。風こそ強くなかったが、雨の降り方が尋常ではなかった。長雨が続きそうだったのでまずは食糧をと思って、こんな時にしか履くときがないとばかりに、黄色い長靴を履いてスーパーに出かけた。天気予報では現在の降雨量は相当多量だろうと予想していたが、ゴム長を履いていったら大丈夫だろうと、たかをくくっていた。いざ帰ろうとスーパーの出口に立つと、雨は来た時よりもっと凄まじく降りしきっていたが、小やみになったら帰ろうと待ち構えていても一向に収まらないのでどうにもなれと見切りをつけて歩き出した。

ところが雨は一向に変わらない。致し方なく猛然と降る雨の中を帰宅の途についた。初めのうちは、ゴム長で平気で歩くことができたが、雨足がだんだん強くなりそれと同時に雨水が渉るようになってきた。今まで経験したことのない雨の勢いに危機感を覚え、何が何でも帰ろうと思って道を渡り歩いた。ところが丁度当時あったパチンコ屋の前まで来るとゴム長の端一杯まで水が来てしまった。致し方なくパチンコ屋の通用口へ避難したが、水はますます深さを増してきた。パチンコに興味のある人なら中に入ってパチンコで楽しんで時間をつぶす手もあったが、パチンコに全く興味のない私には店の中の騒音は私をいらだたせるばかりだった。我が家はもう目の先に見えているのに川のように流れる水は、もうすっかり暮れてしまって水の深さの見極めがつかなくなっていた。「ままよ」と思って下水の窪みがあるかも知れないので道の中央をしゃにむに歩いて帰った。

水は容赦無く長靴の上から流れ込んで全く長靴の用をなさなくなっていた。長靴はその後きれいに洗い中も乾かして、今も下駄箱に納まっている。

ケイタイ

昭和五十五年くらいだったと思う。まだNTTが電電公社だった頃。勤めていた会社へ、「車に電話をつけませんか」とセールスに来た。

「へー？ 自動車の中から電話が出来るのだ」と、世の中が進歩して便利な物ができるようになったものだと思った。

それが携帯電話の始まりだったのだろう。

暫くすると、営業に出る人にPHSとかいう今のケイタイに似たものを持たせて呼び出し、近くの公衆電話などからその人と連絡出来るようになり、外交に出る営業マンに機動性を持たせるようになったが、「こんな物を持たされ」、すべてとはいわないが、外に出る人たちのある種の特権が、機械によって拘束されるようになった。

しかし、私のような事務所の中で仕事をしている者にとっては、営業の係が、得意先から呼び出されたときなど、緊急な連絡をするのに少しは便利になったと思った。

それから暫くすると携帯電話という世にも不思議な機器が現れて瞬く間に一世を風靡するようになった。そんなころにはすでに私は仕事から離れていたので、私たちの世代には全く無縁なものとしか考えられなかった。このような次世紀の申し子のようなものは、若者たちのおもちゃとしか思われなかった。道を歩いていると後ろで大きな声で「モシモシ」と言われる。私に話しかけられたと思って「ドキッ」として振り返ったりした。

今はもう私には全く関係のなくなってしまったビジネスの大切な日用品になってしまっているようだ。

まだ今のように性能がよくないので大きな声で怒鳴っている。特に駅の近くでそんな光景にぶつかる。変なものが出来たと思い、私にはまだまだ遠い存在だと思っていた。

全く私と無関係だったケイタイが知らぬ間に、一日も私の身から離す事の出来ない必需品になってしまった。

そろそろ認知症が危ぶまれる年齢になったことを自覚した私は、ケイタイは迷子札の代わりになるかもしれないと気づいた。好奇心の固まりである私はよし、やってみようと思った。そしてその扱い方もわからないままに、何も考えずに手に入れてしまった。

しかし、闇雲に手に入れてはみたものの、分厚いマニュアルは完全に私を拒否した。まず、私は迷子札の代わりに手に入れただけだからと、取りあえず電話をかけることだけを覚えて、それでよしと謙虚に構えていた。

しかし、写真も撮れてパソコンに入れられることが解って、デジカメより手軽に出来るので早速デジカメから転向した。

ケイタイをバッグに入れて、豪雨に出会い、だめにしてしまって買い直した。するとその短い間にものすごく進化している事に気づいた。

写真が接写で綺麗に撮れる。私のホームページの花の写真にぴったりだ。その後、歩数計も役立つことを見つけた。毎日今日の歩いた歩数を日記のページの最終行に載せる。

三代目のケイタイがおかしくなったので、家の近くのドコモショップへ持って行って修理を頼んだ。受け付けてくれた若いおにいさんに「あまり電話を使っていませんね」と聞かれた。「そう私はケイタイは苦手であまり使いません。ケイタイは私ぐらいの歳になると、迷子札のように持っているんです。主に使っているのはカメラです。この頃のケイタイは性能がよいので、デジカメの代わりに専らホームページの写真に使っているんです」

こんな会話をしている間に故障は直った。

メールは、パソコンに慣れている私にとってあの小さなボタンを押して文字を書き込んだりするのが面倒で苦手である。

電話料金も思ったより高い。インターネットに加入しているので普通の電話料が長距離の長電話でもほとんどかからないので敢えてケイタイなど使う必要はないのだ。

ケイタイを弄んでいるうち、その機能の中におかしなものを見つけた。「地図を見る・ナビを使う」という機能である。独りぼっちが好きな私の好奇心は、その機能を使って喫茶店で、自分の今いる場所を確かめ、一人で遊ぶ。あたかも若い人たちがゲームか何かしているように。そして遙か空の向こうにいる彼に話しかける。「私は今、此処にいますよ。こんなに元気ですよ。こんな文明の利器で遊んでいるのよ。空から見えるでしょうか」と。退屈なローカル線の電車の中の座席や駅でもそんな事が出来る。

私のケイタイの待ち受け画面は、昼の間は野原に綺麗な花が咲いている絵だ。その野原を軽やかに蝶々が舞っているというとってもかわいい画面である。来月になったら鯉のぼりでもおよぐのかな。

パソコンが壊れた

毎日使っていたパソコンが言うことを聞かなくなった。というよりなんだか使い勝手が悪くなった。終わりたいと思っても、終わってくれない。

致し方なく苦手な富士通のサポートサービスに電話する。無料サービス期間を過ぎているので二週間三千円の費用がかかると言った。それを承諾してサービスを受けることにした。

お決まりの十桁のユーザー登録番号・自分のフルネーム・六桁のパスワードを言うと、すぐ私のパソコンの記録が出てくるらしく、すこぶるスムースに応答してくれた。こちらの苦手意識を和らげる様な優しい応答だった。

こちらの状況を述べると故障を直す方法を指示してくれた。電話を切って指示の方法を試してみたが、直らない。また電話する。違った人が出たが、私の番号を言うと前の記録がちゃんとあると見えて、すぐ対応してくれた。しかし、少しも直らない。また電話する。今度も違った人が出てくる。やっぱり他の方法を試してみる。それでも駄目。

それを三日ほど繰り返す。しかしどうしても直らない。相当くたびれてきた。

「あなたの場合、三年間の保証がついているのでリカバリーされたら如何ですか」「リカバリーってどうするのですか」「こちらへ引き取らせていただいて故障を直します。もちろん送料その他全部無償です。その代わりそちらで入力されたソフトは全部消えてしまいますから、パソコンが返りましたらそちらで入れてください。一週間かかります」無償ということなので藁をもつかむ気持ちで承諾した。それからデータを私の補助記憶装置に退避させなければならない。半日懸かった。

指定の日時に日通航空が集荷にきた。

私の愛するパソコンがいなくなった。いつも朝五時に起きてパソコンにスイッチを入れるのに机の上にパソコンが居ない。

朝から気分が落ち着かない。自由奔放に暮らしていると思っていたが、実を言うとパソコンに支配されている自分を発見した。早く一週間が過ぎないかなあとひたすら待ちわびた。五日が過ぎた。六日目の午前中漸く帰ってきた。一日早かった。うれしかった。早速、梱包を解き、スイッチを入れた。けれども画面が出てきてびっくりした。私のパソコンと全く違った画面だ。なるほどウインドウズの画面に違いないが、私が買ったときのあの優しい画面と似ても似つかない無味乾燥の画面だ。そうか、私はあの店頭に置かれた優しい画面に少しは心を惹かれて買ったのだな、と思った。もうユーザーの手に納まった物に必要以上のサービスは不要なのだと悟った。なんだか彼《やっ》が褻れて帰ってきたような気がした。

そんな感情はさておき、これからまだ様々な作業があるのだと、気を引き締めて富士通へ電話した。まだまだ一仕事も二仕事もあるのだ。私を拒み続けたパソコン君よ、お手柔らかにお願いします。

マウス

この頃ねずみを見掛けなくなった。家の周りは新しい家が多く、家の建て方がねずみの生息するのに不都合になったのだろう。それに野良猫か飼い猫かわからない猫ども数匹、付近を巡《じゅん》邏《ら》していてくれるおかげかも知れない。

私の記憶の奥にわずかに残っている子どもの頃、ペストという恐ろしい伝染病が流行っていて、ねずみが媒体すると聞いた。

小学生の頃ペストという伝染病は西洋では一つの町が全滅してしまう程、病気が蔓延したという話をよく聞かされた。

私の住んでいた熱田は名古屋港に近くかつ堀川沿岸だったので、外国航路の船から、感染したねずみが上陸する危険があった。そのためか魚市場の中にあった我が家の町内はねずみの駆除がやかましく言われていた。

各家庭で針金製のねずみ取り器がよく使われ、油揚げなどのねずみが好む餌を付けて、ねずみの通り道に仕掛けてねずみを捕獲した。ねずみ取り器の取っ手にひもを付けて、マンホールから下水に沈めてねずみを溺死させ、死骸を交番に持って行くとお巡りさんが一銭くれるという制度があった。私たち子どもは、ねずみ取り器のまま交番まで持って行かされた。その一銭はお駄賃としてもらったと思うが、少しも嬉しくなかったような気がする。それほどねずみを捕ることが奨励されていた。昭和の初期の話である。戦後そんな伝染病は全く聞かれなくなった。


今年は子年だから年賀状にやたらねずみのイラストが描かれているが、私は子どもの頃のねずみの印象がトラウマになっているせいか、少しも親近感が湧かない。それどころか下水のマンホールで溺死させた残酷な記憶が未だに鮮明に残って、交番の横のねずみの死骸を入れていたブリキ缶を思い出す。

因みにねずみの項目をホームページで探索してみるとねずみ駆除業者のコマーシャルが目白押しに並んでいる。やっぱり今でもねずみは世間では厄介者で嫌われているのだなぁと思う。インターネットをマウスでクルクル検索していると『ツェねずみ』という題名が目についた。宮沢賢治の童話だった。こんな童話は初めてお目にかかるので読んでみた。ねずみが周りのイタチ、柱、ちりとり、バケツ、針金で編んだねずみ取り等々周りの友達がせっかく親切に忠告してくれる事をすべて悪意に解釈して、善意までを裏返しにして、恨んで反感を持ち仕返しをするので、とうとう人間に捕まってしまうという話だった。

こんな童話を読んでいるうち、私の掌の中でくるくる回りながら働いているマウスに気がついた。『マウス』は明らかにねずみだった。丸い背中も赤くて、お腹から赤い光を出している。私の掌によくなじんでいてくれる。気に入っている可愛いねずみだ。

「クリック」「右クリック」「ダブルクリック」「ドラッグ」……。よく働いてくれる。

今もこの作文を書き上げて、印刷……クリック。プリンターが動き出した。

緊急電話

民生委員の山内さんが共同募金の二千円を配って来られた。申し訳ないと思いつつも一人暮らしで七十歳以上という条件に叶っているので断る理由が無い。そのおり「緊急電話を取り付けられてはいかがですか。費用は、全額市が負担してくれますよ」と言われた。私のような独居老人に対する福祉サービスの一環として推奨しているというのだ。そういうものを必要とする年齢になったのだと改めて自覚する。

従来の私なら「まだそんな事まで必要としません」と、要らぬお節介とばかりに断っていたところだが、年齢が八十歳に近づいてくると、そんな事もいっていられないかも知れないと思うようになる。元気な内にどんなものか知る必要があるかもと、持ち前の好奇心がうごいた。

昨年の暮れ近く、買い物のついでに、市役所の老人福祉課を訪ねてみた。あいにく係の人が不在だったが「取り敢えず申込用紙に民生委員の署名を貰って来て下さい」申込書と一緒に説明書を渡された。内容を読んでみると、「親子電話とかＩＰ電話に加入していると取り付けられない場合があります」という項目があった。「インターネットをやっているんですけど……」というと、「いろんな場合がありますので可能かもわかりませんから一応申し込みだけでもして下さい」とのこと。

別に急ぐ事も無かったし、年が明けて大分経ってから、山内さんの署名を貰って市役所へ提出した。

すると二月の終わり頃、市から依頼を受けた会社から電話があり設置の日が決まった。

そしてとうとう我が家に緊急電話がやってきた。

電話機の取り入れ口に小さなソケットようのものが取り付けられ電話機の横に弁当箱ほどの

機器が置かれた。表面に五センチぐらいの角の取れた三角形の赤い『緊急』ボタンがあり其の左に直径二センチ丸の『取り消し』ボタン、その左に三センチ丸の緑の『相談』というボタンが付いてそれぞれダイオードのランプがついている。

いよいよ試運転という段になった。

作業の人が赤い緊急ボタンを押すと「こちらはベルセンターです……」と直ぐ応答がある。受話器を上げなくても直接話しかけて、私の小さな家の中ではどこでも聞こえる大きな声である。家の中のどこから話しかけても相手に応答できる仕組みになっているらしい。この機械の他にもう一つ付属のペンダントがついている。このペンダントにもボタンが付いていてこれを家にいる時には身に付けて、緊急の時どこにいても、例えば風呂、トイレ、庭にいても何か異変が起きた時にボタンを押せば電話機に作動してベルセンターが出てくれるという仕掛けになっている。

夜になって室内が暗くなると電話機の横で赤く光ったボタンと青く光ったボタンが二つ並んで暗い室内に浮かんで見える。鈍いダイオードの光だ。

その光をじーっと見ていると心なしかその光が、右目が赤目と左目が青目の鬼に見えてきた。その鬼は私に向かって悪戯そうにウインクして「私を押してみてご覧」といっているように思えた。すると忽ち「こちらはベルセンターです……。どうかしましたか」大きな声が聞こえてくるのだろう。

「ああ嫌だ、嫌だ。滅多な事で押してたまるものか」と鬼に答える。そして私がこのボタンを押す場面を想像してみる。それは私が終わる時かも知れない。救急車が「ぴーぽー、ぴーぽー」とやってくるのだろう。

課題の『鬼』の作文が殆ど出来上がって眠りについた。と玄関で「ピンポン」となった。ドアを開けてびっくり。二十一歳の彼がドアの外に立っていた。高級車に乗ってきたのだ。「随分待ったけど、もう少し待っているよ。ゆっくり楽しんでおいで」とニコニコしていた。高級車の助手席には誰も乗っていなかった。それから何が起こったのか覚えがない……。

ふと目が覚めた。「なぁーんだ夢か」でも、えもいわれぬ楽しさだけが残る夢だった。「私って、まだ青春しているんだ」と思った。

明日は肝臓薬、強力ミノファーゲン百ＣＣの静脈注射を受けに病院へ行く日だ。もう少しの間、生き延びてみようかと思った。

（二〇〇五年二月）

インターネット

ＮＴＴから、以前から申し込んでおいた『光』通信へ換える工事に伺いますと言う通知があった。もう何年か前に申請してあったが、共同建物であり『ひかり』の回線が無かったりで、漸く繋がるようになった。近年、スマートホン等が普及して、光通信の需要が伸び悩んできたらしいが、やっと回線が繋がる様になって、大家さんの承諾も得られ、元々申し込みがしてあったので、光通信に換える事にした。

その工事の日が八月二十八日と決まり午後二時頃来ることになった。

当日はＮＴＴからはフレッシュなそれも真っ黒に日焼けした男の子が二人派遣されて来た。

早速、電話機の周りを一瞥して、「緊急電話がありますね。この電話、停電になると繋がりませんよ」へえーそんなことになったら大変だ。早速、緊急電話の相談ボタンをプッシュ、「どうしましたか」と言う返事。「ひかり電話に変えるんですよ。停電したら繋がらないと言うことですので……」

「それは困りましたねー。ケイタイをお持ちですか」「ハイ持っています」「番号を教えてください。停電の際はそちらへ掛かります」

そうなって居るんだ。詳しい事は緊急電話に聞かなければと思う。

通常気に止めてもいなかったが、ひかり通信に切り替えると普通の電話と異なって電話の通信とは別の回線になるのだと言うことが判った。

世の中が知らぬ間に様々に変化していくのだなと思った。こうなると携帯電話も必需品になる。

停電もこの頃あまりないが、もし停電が起きたら、電話がかけられなくなることも考えておかなくてはならないと思った。世の中は私の知らないところでどんどん変わって行く。私の年齢で何処まで追っかけてゆけるだろう。少々長生きし過ぎたかも知れない。

さて、我が家に工事に来た若者、暑さにもめげず我が家へ入るや否や、さっさと働き始め、一人は大きな鞄からパソコンを取り出しごそごそはじめ、時々会社と電話線を繋いで連絡しながらひかり電話の機械を取り替え、一人は脚立を持ってきて、軒下の、外の電線を引き込んで、建物に穴を開けられないのでクーラーの穴を利用して上手に電線を屋内に入れ、部屋の中を敷居に沿って足が引っかからないように電線を引き入れ、パソコンに繋いだ。その手際の良さは大したもの……。私は、ただ部屋の中をなるべく涼しくする為、冷房の温度を下げたり、扇風機の角度を変えたりするぐらいが精いっぱいだった。

「ところであなたたち平成生まれ?」と聞いてみた。パソコンのほうは「いや、僕は昭和です」と何だか誇らしげに言った。もう一方の子は「僕は平成です」

どうも二人とも昭和と平成の境目らしかった。

「私は大正生まれよ。それも今日が誕生日。八十七歳になったのよ」「へー若く見えますねー」

私も満更でもなかった。思えばこんな若い男の子と、凄く年齢が隔たっているのに、こんな間近に話をするのは久し振りだ。一度に空気は和やかになった。彼たちは矢っ張り一生懸命しごとを片付け、一時間あまりで帰って行った。

『じゃれる』という言葉にはほど遠いかも知れないが、こんな若い男の子達と親しく言葉を交わすことが出来て、さわやかな気持ちのなったのは久し振りだった。

（二〇一三年九月）

◇「我が家のお話」京子の戯言

「ちょっとお出かけ」からの三章はどれも一人暮らしにまつわる内容なので、一章にまとめようかとも思ったが、他の章とのバランスを考えて三章に分けた。

花が大好きな伯母は、本人の言によれば猫の額とも言えないようなアパートの小さな庭にプランターや植木鉢を置いて、本当にいろいろな花を育てていた。といっても私はその様子を実際にこの目で見たわけではなく、伯母が熱田に引っ越すほんの少し前に伯母の家に行くようになって、初めてその「庭」について知ったのであり、それまでは、定年後の伯母がどんなところで生活しているか全く知らずにいた。そして、そのころにはすでに引っ越すことを決めていたこともあり、植木鉢もプランターもほとんど始末されていた。

にもかかわらず、花が好きだということも、花を育てていることも知っていたのは、伯母が自身のホームページを立ち上げ、ほぼ毎日自宅の花の様子や自身に起きた出来事などをアップしていたからである。今はすでにそのページはなくなっているけれど、伯母はパソコンの中で、たくさんの人とつながっていたに違いない。私も、インターネットを介して伯母の日々の生活を眺めることができたわけである。

一人で暮らしていると、誰も助けてくれない、何もかもを自分でやらなければならない。いつだったか、伯母がうちに来た時に、母と私が、どっちが部屋の掃除をするのかの押し付け合いをしていたら、「私は全部自分でやらないかんでね。そんなふうに、誰かに押し付けようと思っても、だあれもやってくれんから」と、二人のやり取りを羨ましそうにしていたのを覚えている。私も一人暮らし歴が長くなり、確かに誰もやってくれないから、苦手な掃除も自分でやるしかなく、でも誰も怒る人、文句を言う人もいないから、少しくらい埃が溜まっていても気にしないでいる。伯母がそんな生活をしていたかどうかは知る由もないが、どこかでペロリと舌を出していそうな気もする。

本章の前半は主に花を育てる話、そして我が家の庭にまつわる話を集め、後半では台所事情であるとか、パソコンいじり、電話機のことなど、家の中で起こる困りごとやら何やかやをまとめてみた。どんな困難にあっても、億劫がらずに、業者の人に電話をしたり、来てもらったりして自身の生活を守る姿勢は、見習わなければならないと思う。九十歳になるまで親（はすでにいない）弟妹の助けを借りることなく、一人暮らしを貫いた伯母の矜持が、見てとれる。

何もかもを自分一人でやってきた伯母が、グループホームに入って、掃除も洗濯も食事作りも人任せの生活をするようになった。自宅での一人暮らしに不安を

◇◇◇◇◇◇◇◇

感じるようになり、生まれ故郷で最期を迎えたいと、自ら望み自分で選んだホーム暮らしではあるけれど、本当はもう少し我が家での一人の生活を楽しみたかったのかもしれない。

◇◇◇◇◇◇◇◇

第七章　一人暮らし

老人ホーム

今年の夏の法外な暑さが身に染みた。毎日の生活が全て息詰まったようにしんどかった。中でも一人分の食事の支度をするのが辛かった。とは言っても冷房を効かせて家に引き籠もるということはしたくなかった。近くのコンビニへ買いに行くという方法もあったが、大正生まれの私には、それも毎日続ける事はどうしても馴染まなかった。それにコンビニの味は私の舌が受け付けてくれなかった。

そんな生身の体で、この夏どうして過ごそうかと真剣に考えた。年齢のせいだから仕方がないと諦めるのも所作がない。そろそろ独り暮らしの限界かなあとも思った。

二か月に一回年金振込通知書が来る。その通知書には介護保険料が差し引かれている。こんなに多額な金額を毎回引かれているのに、私は何もその恩恵を受けていない。何かこれが私を助けてくれるのではないかと、この際何とかその恩恵を受けられないものかと市役所へ出かけて相談をしてみようかと思い立った。

私には、まだわざわざ市役所まで出かける元気は残っていた。

市役所の窓口で複数枚のパンフレットを頗る事務的に渡された。パンフレットは有料老人ホームと軽費老人ホームとあって、有料老人ホームの場合は常時一人以上の高齢者を入居させ、入浴、排泄または食事中の介護、食事の提供、その他日常生活上必要な便宜のいずれかのサービスを提供する施設。軽費老人ホームは六十歳以上の方等であって、家庭環境の理由により居宅において生活することが困難な方を低額な料金で入居させ、日常生活上必要なサービスを提供する施設だそうな。どう考えても、両方とも私には適用されそうもない。みんな外れである。

今の私の現状で、色々奥の手を使って老人ホームに入れたとしても、そこで大人しく暮らせる自信がない。実際そういう施設を見学してみると良いかもしれないが、その気にもなれない。

今までの書類とか一般の噂など総合して考えてみても、どうも私がこれからの人生を託す場所として不似合いな気がする。と、だんだんそんな施設に対する関心が薄れてしまった。

やっぱり当分は介護などという後ろ向きな考えはやめて、もう少しやる気を出して頑張ってみようか、という考えに傾いていく。

とかなんとか言っているうちに、気候はすっかり秋、空はすっきり晴れて、十一月になって朝は暖房が恋しくなった。

夏の暑さなんかすっかり忘れてしまった。

町の風景を眺めると私よりもハンディを持った人が、いっぱい若い人たちに混じって歩いている。

私も駅までの十五分の道のりをさっさと歩ける。まだまだ元気だ。少しぐらいの遠出もしよう。名古屋への勉強も平気だ。老人ホームの相談なんてまだまだまだ……。


（一九九八年四月）

七十五歳の挑戦

この頃やけに物事が億劫になってきた。以前なら「ああそうだ。あんな切り口で……」と、とっさに考えが纏まるはずなのに、出題にも反応が鈍く、文章も纏まらない。

「とうとう老いが迫ってきたか」と感じるようになった。

「作文の教室がマンネリ化して刺激がない。飽きの境地に入ったのかも」とも思った。生来飽きやすい性格だ。「作文もこれだけ続けば、私もよくやったと思っても良いだろう」と自らを納得させても見た。

「さて、これから何をやろう。ただぼんやり暮らすのもつまらないし」文化センターの事務局に寄って、四月から始まる講座のパンフレットを見てみる。新設講座で『パソコン水彩画入門』と言うのを見つけた。「これはおもしろいかも知れない」と、とっさに思った。しかし、パソコンは持っているものの、ワープロ代わりに使っているだけでは他のジャンルを理解出来るとは限らない。しかも基礎的な講習など全然受けていない。第一マニュアルの本を読んでも解らない言葉が一杯出てくるし、パソコン用語も理解できない言葉が多すぎる。果たして講習のカリキュラムについていけるか不安である。

結局、悩んでいても始まらない。何事もやってみなければと言うチャレンジ精神が頭をもたげてきた。受講料が無駄になるかも知れないが、申し込もうと決心した。

講習の募集人員は六名である。ぐずぐずしていたら乗り遅れるかも知れないと、ホームページから申し込んだ。

四月五日から六月二十一日まで十一回の講座である。どちらかが無駄になるかは解らないが、作文教室にも申し込んでおこう。年金暮らしの私にとってかなりの出費だった。「新しい事を始めるにはリスクは付き物だ」と自分に言い聞かせた。お金のことは支払ってしまえばそれだけのことだし、日程の調整も何とか繰り合わせることが出来た。肝心なのは私の頭の中の調整である。

心配していたとおり、先ず文章が書けなくなった。日程も隔週とはいえパソコンの次の日が作文教室である。そのハードさが直ぐ体にも、頭にも、心にも堪えてきた。しかしパソコンの方は佳境に入ってきた「これは嵌りそうだ」と口をついて出る。「ままよ作文はすてよう！」と思った。

しかし、パソコン教室もすべて順調というわけではなかった。いろんなトラブルが発生した。大部分は私の未熟が原因だったが、一番重大な問題は、私の家での作品がフロッピーディスクにアウトプット出来ない事だった。これが出来ないと最終作品がホームページに発表できないことになる。「せっかく良い作品なのに」と残念がられた。何とか出来ないかと思案の揚げ句「ソフトの会社に直接聞いてみよう」と東京の会社にファックスを送った。直ぐ電話がかかってきた。親切に教えてくれた。早速、実行してみる。「やれたあー」久しぶりの満足感である。

パソコン教室は終わった。そして、それをネタに作文も書けた。

因みに、私は会社を退職したら、ピアノを習いたいとずーと思っていた。

（二〇〇一年六月）

私の堪忍袋

女学校時代の竹内志ん先生に『オアシス』（京子注　ＮＨＫエッセー教室発行の冊子）を贈った。今まで生き残っている先生だ。九十三歳である。先生は私の贈り物を大変喜んで電話をくれた。私が学んだ教師の中でたった一人になった。

私は先生に四年間裁縫を受け持ってもらった、担任も一年生と四年生の二年間を受け持ってもらった。五年間の女学生生活で最も関わりの多かった先生だ。毎年組替えがあるので私と同じくらいかかわりの多かった人は二・三人しかなかったと思う。

私は裁縫は不得意の学科の一つだったので余り見込みの良い生徒ではなかった。「貝谷さんは試験の答案には素晴らしい模範解答が書けるけど、実技も答案のように出来るといいのにね」とみんなの前で皮肉を言われる有様だった。

しかし今では懐かしい私と十歳年長の先輩である。そしてその生き方に興味を持っている。毎号『オアシス』は読んでもらっているのでその都度、感想などを手紙や電話で批評をしてくれている。今回は戦中戦後の私たちと共通の厳しい時代のことを語り合うことが出来た。

竹内先生は学校を卒業したばかりで、先生の経験が浅く、それに私たちより年長とはいえ、二十代前半だったはずである。大部分が名古屋の真ん中で育った生意気な生徒だったし、東京の学校を出たとはいえ、半田育ちの先生にとっては生意気そのものだったと思う。

先生も私たちもお互いに、若かったということに尽きる。人生の経験が少ないだけ今から考えると先生の青臭さを感じる。そして私たちも先生を未熟な気持ちで批判しあっていた。

あれから随分歳月を経て、歳を重ね曲がりなりにも人の上に立つ立場になってみると何人か部下を持ち、先生と上司との立場は違っていても、仕事を教えたりすることは殆ど同じ場合がある。その都度部下の欠点が見えてきたり、鼻持ちならぬ態度や、とんでもない間違いを起こしたりするとつい堪忍袋の緒が切れそうになる時がある。そんなとき思い出すのが、先生の皮肉だったり、少しヒステリー気味の小言だったりする。先生のお小言を「また『ヒス』が始まった」と反発をした。

最初のうちはつい堪えられなくて小言を言ってしまったりするが、時を経るにつれて先生の面影が浮かぶ。

年を経た先生ならもう少し言葉を和らげて、または時間を少し置いてから注意する。その言葉も、直情的に言われるとつい反感だけが残る。あれが先生の欠点だと気づいていた。

そんなときいつも私は先生を思い出し、自分に『ストップ』をかける。あれは止めようと思う。先生を私は反面教師とした。電話口から今でも張りのある声を聞くと、私にとって『先生』

であることに変わりはないと思った。

小学校の男子同級生

十月三日、分厚い封筒が届いた。小学校の同級生の吉田正彦さんからである。

五十歳の頃、久しぶりの同期会に出席したら、真面目そうな男性が居た。そんな歳になっても幼い頃の面影はどこかに残っているものだが、その人は記憶の中にない。私の小学校は一年が四クラスあり、そのクラスが三年生までクラス替えなどなく持ち上がっていたので、余り目立たない人は特に男子生徒は知らない人があったかも知れない。

しかし、大体成績の良い人はそれとなく知れ渡っていた。

父のお友達の息子の福岡君とか、幼稚園が一緒だった武田君とか、魚半さんの武藤君とかだ。福岡君はブラザーの副社長になり、武田君は開業医になり、武藤君は東海銀行の常務になっていたが、そんな出世をしても、子供時代に立ち返って普通に言葉を交わしてくれていた。

しかし、その中で、余り目立たなく、大人しそうな人が居た。「あの人って誰？」と、友達に聞いてみたら、

「あの人知らないの、吉田君だわ。同級生では、ずーと一番だったし、それから中学校は愛知一中で、八高へ行って、京大へ行った秀才よ」

「私全然知らなかったわ」

私はそんな人のいたことをすっかり忘れていた。それくらい存在感のない人だったのだろう。その後三井金属へ就職して、岐阜の神岡鉱山にいたのだそうだ。神岡鉱山といえば、あの『イタイ・イタイ』病公害を起こして閉山した鉱山だった。公害事件を起こした神岡鉱山は閉山して、その後彼は東京の方へ転任したらしい。自分のことを余り語らない彼でも、東京の郊外から同期会がある度に出席していた。

その後どういう経緯で年賀状をやり取りするようになったのか忘れてしまっていたが、ある年、「来年から年賀状を頂くことを辞退し自分も送ることを止めます」という文面のはがきが来た。と、すぐその数日後に追っかけるように「年賀状をお断りしたがあなたの年賀状はユニークだから前言を取り消してください」おかしなはがきが来て笑ってしまった。

その後も年賀状は毎年送っている。

その彼は年に四、五回分厚い封書を送ってくる。はじめは難しい時事問題やもう内容は忘れてしまった論文調の、読んでいても難しくて途中で止めてしまいたいような文章で、私がそんな難しいことも理解できると見込んで送ってくれているのだと思うと無下に断ることも出来ず、黙って受け取ることにしていた。それでも最近は有料の老人ホームに転居して、そこからのホームの状況を交えて報告調の文章になって送ってくる。色々推察してみるに奥さんは既に亡くなっているらしいが、自分の家庭のことには一切ふれていないのでわからない。

初めはワープロで書いて送ってきているので色々な人に送っていると思っていたが、最近になって宛名は手書きでどうも私だけに送ってくるのかも知れないと思えるようになった。私はその手紙には一切返事を出したことはなく、ただ年賀状は毎年送っている。また、『オアシス』は毎号送っているが何の反応もない。

男性の同級生の訃報は随分聞いたが、生存が判っているのは吉田さんを含めて二、三人くらいしかないらしい。

後藤さんの幻影

『丸栄スカイル』の前の雑踏の中で見え隠れしている後藤さんらしい人を見かけた。背を前屈みにしてハンドバックを脇に抱えて立っている姿は確かに後藤さんだと思った。人混みをさけながら、近寄ってみると全くの人違いだった。後藤さんの事がやはり心の隅にひっかかっていた。今頃、後藤さんどうしているんだろう。数年前まで、彼女とここで待ち合わせてカルチャーセンターへ通っていた。

「息子がね、息子の家の近くに新しいマンションを買ってくれたの。孫にも時々会えるし……」といつもと違う明るいはずんだ声の電話だった。

「貴女の家からは遠くなったけど、環境がよくって素敵なの、一度遊びにきて……」と新しい住所を教えてくれた。名東区内にあるライオンズマンションだった。

一度行ってみたいと思いながら、名東区という戦前派にはなじめない区名と、「息子が買ってくれた」と言う私に叶えられない言葉に、少なからず嫉妬を感じて、訪れようという気にもなれず、そのまま年を越してしまった。そして彼女の二代に亘る嫁姑戦争もやっと終結したかと反面ほっとしていた。

彼女とは女学校時代の級友だったし、特に挺身隊時代は同じ職場だったので彼女が嫁いでからも年賀状をやりとりしていた。その年新しい住所へ年賀状を出した。しかし彼女からの賀状がないことに気がついた。早速、松がとれてから電話をしてみた。

「お掛けになった番号はただいま使用されていません」冷たい機械的な返事だった。

翌年、女学校時代の有志の友達と旅行に行った。

「貴女と親しかった後藤さんの消息知らない」とKさんに尋ねられた。

『こっちの近くに変わったの』と私の住まいの近くのバス停で遇ってから、時々見かけたけど最近遇わないなあと思っていたら、今年、年賀状が宛先不明で返って来てしまったの、病気でもしていらっしゃるかしら」

「私も電話をかけても通じないので心配してるの」

その後、彼女の住んでいたというマンションの近くへ行く用が出来たので尋ねてみた。大きな素敵なマンションだったのですぐ判ったが、彼女の居たはずの部屋は他人の名前になっていた。管理会社に問い合わせてみたが「個人のプライバシーに関することはお答えできません」という素っ気ない返事しか返ってこなかった。

後藤さんという人についてここまで立ち入って心配するには訳がある。

戦時中挺身隊で彼女と同じ職場だったが、そのとき私は彼女に重大な借りを作ってしまった。私は昭和二十年三月以来戦意（?）を失ってしまっていた。戦災で一宮の田舎から名古屋の港区まで通勤するという負担もあって、結核のため絶えず微熱があった。職場の上司は気楽に通勤すればよいと、言ってくれていたので、ほとんど欠勤・遅刻という勤務ぶりだった。その分だけ同僚の後藤さんに負担がかかっているはずだった。それに加えて、六月九日愛知時計の空襲があった。今まで経験した事のないB29の一トン爆弾で爆撃を受けた。私の居た工場もそのとばっちりを被《こうむ》って、一トン爆弾の直撃を受けた。幸い事務所は爆弾が落ちた反対側だったので、後藤さんは九死に一生を得た。私はその日も気分が優れず欠勤していた。二日後何にも知らず出勤してみて驚いた。工場は惨憺たる状態だった。遺体こそかたづけられて居たが、女子勤労学徒を始め百人あまりの人がほとんど即死状態の犠牲者がでていた。中には顔見知りの人も何人かは居た。

「貝谷さん、お休みしていて運が良かったわ。弱虫の貴女が居たら気が変になっていたわ」

と平生、弱音など絶対はかない彼女がなじるように言った。私は申し訳なさでいっぱいだった。

結婚してからの彼女が幸せだったら、それほど彼女に対して引け目を感じなかったかも知れなかったが、彼女の結婚は苦難そのものだった。厳しい姑を何年にも亘って看病し、やっと見送ったと思う間もなくその年の内に、定年で再就職したご主人が末期ガンと診断され、翌年他界されてしまった。ご主人の退職金で建てた家で一人息子夫婦と同居したら、お嫁さんと折り合いが悪く、せっかく建てた家を息子夫婦に譲って、自らはアパート暮らしする事になった。

いつ頃だったか、お姑さんが存命中、正気を失ったような彼女が突然、我が家を訪れてきて、何も言わずに、黙って帰った事があった。見るに見かねて「実家に帰ってお母さんに相談したら」といったが「親には心配かけられないから」と言っていた。

彼女が独り暮らしをするようになってから、彼女の気持ちを少しでも慰められたらと思い、いっしょにカルチャーセンターに、通ったりしていた。

今年になって、Kさんから「平成九年七月三十日になくなられたそうです」と電話があった。

彼女の身の上に何があってどんな最期だったかは判らない。

私は、ほっとして良いのだろうかと……しばらく考えた。

（二〇〇一年三月）

ポーチドエッグ

「次の診察日には腹部の超短波の検査をします。前日の午後九時から何も食べないで来てください。午前八時四十五分までに受付へ来てください」との説明を受けた。

当日、検査室へ向かった頃から、昨日から指示通りに従って何も食べていなかった私の胃袋は、しきりに空腹を訴えてきた。平生なら朝五時に起床して、お茶などでしばらくおなかを潤して、七時には朝食を終えている。たまの一日とはいえ、朝九時ともなれば正味半日のあいだの飢餓をおぼえても不思議ではない。何しろ私の胃袋は朝食を七時に食べるように慣れ切っている。

九時から、白衣を着た先生らしき人たちの動きが激しくなり、おもむろに検査が始まる。検査が済んでもそれで終わりではない、診察室の前へ戻って、診察の順番を待つ、検査室から映像が医師の手元に届くまで待たなければならない。ようやく先生の診察を受けて、それから何時もの静脈注射である。処置室まで行くと、ここでも順番待ち。三十分ほど待って、注射の椅子に腰を下ろす。おなじみの看護師さんの顔を見たとたん「腹減った！」とため息混じりに呟いてしまった。その呟きが異様だったらしく、何時も患者の顔色や言動に全神経を集中して静脈に針を刺すベテランの看護師さんが、私の切ない呟きにびっくりして「貝谷さん、どうかしましたか」と。私は相手に与えたその言葉の影響に自分で驚いて「おなかがすいたと言っただけよ、何か大変な事を言ったように聞こえた？」とあわてて返した。

検査を受ける人たちは、みんな私のような絶食をしているのに、私だけが何故、こんなに堪え性がないんだろうと思った。以前はこんなに辛く思った事がなかったのに、やっぱり歳のせいかもしれないと思った。次からは検査が済んだら何か直ぐ口に入るお茶などを用意してこなければと思った。

とにかく私にとって朝食は、若いころから欠かせない食事になっていた。毎日、三食の中では一番丁寧に作っていた。いま、若い人たち始めなんとなく普遍化している「朝食抜き」などという事は私の食生活にはあり得ない事だ。

私の朝食の一例としてあげるのはごく一般的なご飯とみそ汁と何かだが、その何かの中に目玉焼きでもなく、納豆でもない「ポーチドエッグ」がある。私にとって懐かしい料理だ。料理と言えるかどうかわからないが、このポーチドエッグには若かった頃の思い出がある。

ある人の病気見舞いに行くたびにそのお母さんが病弱の私を気遣って、お茶菓子の変わりに何時もポーチドエッグをご馳走してくれた。綺麗な白身の肌の中からとろりと出てくる黄身の美しさが印象的だった。長い間その作り方が解らなかったが、料理番組で作り方を知ってからは、目玉焼きの代わりに朝食につける事にしている。油類を全然使用しないのでヘルシーという事もあるが、何よりもあの当時のあのお母さんの優しい心遣いを思い出す。最近はイタリー料理の真似事よろしく、アンチョピーとニンニクのみじん切りをオリーブ油で炒め、それでトマトやキノコを焼いて食べたりする。これがまた美味しい。その時はオートミールのスキムミルク入りのお粥といった、すっかり欧風ムードにするし、ある時は、トーストに刻みパセリ入りのオムレツとインスタントのボタージュ添えとか、独断と偏見、独創と模倣を取り混ぜて、特に気分の良い朝は創意工夫をする。時にはまずくてとても喉を通らないものがあったりする。それは自業自得、誰に小言を言われるわけでもないので我慢して飲み込んだり、あるいはそのままゴミになったりする。すべて「自分流」で片づける。ここまで来ると何事もたのしくやるしか仕方がないと開き直っている。

人工気胸

右の鎖骨から脇の下へ探っていって肋骨の最上部と次の骨の間を探り当て、そこへ麻酔の注射を打ち、その後へ相当太い七センチから八センチくらいの針をさす。その一方の先端にゴムの管がついていてポンプに繋がっている。木製の枠にガラス瓶に無色の水のようなものの中に空気が泡になって入っていく。遠い記憶の中から思い出してみても、どのような仕掛けかということまでは思い出せない。昭和二十四年頃の話である。

その当時としては普通だったろうが、子どもの頃から診てもらっていた医師のところにはX線写真の設備もなかった。古くさいドイツ帰りの町医者で見て貰うのがいやで、もっと設備の整った病院で診察して貰いたいという思いで、父に無断で、その当時、結核を専門に外来だけを診察していた名大付属病院の分院へ通っていた。

　そこで私の病状に当時一番良い方法として『人工気胸』という治療を受けた。旧陸軍が採用していた療法なのだが、敗戦後、そのような治療方法しかなかったらしい。二年ほど通院している間に、ストレプトマイシンやパスがアメリカから輸入され、健康保険で採用されるまでになった。ただ安静にして栄養のある食事をするしか手の施しようがなかった病気が嘘かと思えるように治った。

　小学校の同期会で医師を開業している武田君に、名大病院で終戦直後人工気胸の治療を受けた事があると言ったら、「そんな古いカビの生えた話、今頃持ち出すなよ」と言って笑った。とはいうものの、私は現実に人工気胸の治療を受けていたのだ。それが医学上では遠い過去の遺物で、今からいうと何の効き目もなかった療法だとしても私自身の肺臓は何らかのダメージを受けているかも知れないのだ。

　この頃、風邪を引いたり、胸に痛みを感じたりすると、あの人工気胸の後遺症ではないかと思ってしまう。診察を受けるたびに一応医師にその旨を告げる。若い頃は別に医師も気遣いはしなかったが、年を重ねてくると、その後遺症も診断の範疇に入れているのかカルテに何か書き留めている。

　先日、自分の肺のX線フィルムを見た。今のフィルムは昔のそれと違ってはっきり見える。私の悪かった肺尖部分も、私のような素人目にも「これが治った痕跡です」と言われると、その異常さがはっきりわかる。「右の肺の中程に少し黒い陰があります。大したことはないと思いますが、ＣＴで見て貰ってください」といわれた。

今度は肺臓が輪切りになったフィルムを見せられた。これは初めて見る。

人工気胸をやった痕跡は有るかなどという事を聞いてみたかったが、聞きそびれてしまった。

私の肺はまだ健康らしい、心電図にも何ら異常が見られない。「少し急いで歩いたり、坂道を上ったりすると、息苦しくなるんです」と訴えてみても「それは、限度でしょうね」と医師。

「そうですね。七十八歳ですものね」

昭和を生きる

私は大正年間に百十日しか生きていなかった。殆ど私の人生は昭和に生きたことになる。六十歳を過ぎてからの平成はおまけの人生である。

大正十五年生まれで大変便利なことがあった。それは昭和と数え年が同じだからだった。昭和八年、数え年八歳で小学校入学。昭和十二年十二歳の時、日支事変が始まり、昭和十四年、十四歳で小学校卒業、昭和十六年に太平洋戦争が始まったのが十六歳でという具合に昭和の年数と数え年が全く同じである。

何かの出来事を思い出すとき、「あァ、あの時は○歳だったから昭和○年の出来事だとすぐ思い出す事ができた。頗る便利だった。

それが戦後、年齢の数え方が満年齢になるとどうも調子が悪い。誕生日を基準として一歳引いたり、二歳引いたりする事になった。それでも昭和のうちはまだ良い。年号が平成になるとそれが全く判らなくなった。これで今までの関係は全く通用しなくなった。大正十五年生まれという特権を生かして物事を考えていた私は、様々に戸惑いを感じるようになった。

とくに若い人は大正生まれというとなかなか理解しにくいようだ。

先日、逆まつげに罹ったときのことである。一宮市民病院の眼科は、若い女性の先生だった。診察の席に座った途端に「二十六年生まれですね」と言われたのでとっさに何のことだっけと思い、しばらく考えてあっ、西暦だ。「ハイ、大正十五年生まれです」と答えたものの、何となくこの若い医師と時間的ずれを感じた。

「ずいぶん強い近視ですね。いつ頃からですか」

「勉強のしすぎで、小学校六年生の頃から近視になりました」

先生は笑い出した。大正生まれの老人が小学校六年生の頃のことを思い出して言ったからだ。

「最近は老眼も出て遠近両用を使っています。パソコンを使うときはまた別のめがねに掛け替えています」

少しは先生の思考の中に入ったつもりだった。

暗室のようなところで様々な検査をしてくれて、

「お年の割には、目の悪い病気は見つかりませんでした。逆まつげはしっかり取っておきましたから、今日差し上げる目薬を一日三回さしてください。あとはもう来なくてもよろしい」

老人にありがちな白内障とか、怖い緑内障とかの気配が全く無くて安心した。私の心と先生の心がやっと一つになったような気がした。

首から上の病気

風邪をこじらせたかなと思う。のどの痛みが取れない。普段はそんなときカモミールを煎じて飲み、ゆっくり眠ると大抵治ってしまう。

今年のように蒸し暑さが続くと、タオルケットさえ着て寝る気にもなれず、数日が経過してしまった。

風邪薬のようなものは飲まない主義の私はその病状の成り行きが心配になってきた。今年は四月を過ぎた頃から口内炎で口の中が痛く、食事がまずい。内科で口内炎の薬を貰ってつけても、喉の奥の方が痛い。

思い切って、耳鼻咽喉科の医院の門を叩いてみた。扁桃腺が大分腫れて膿を持っているというのだ。こんなになるまで放置していたことを注意された。随分以前､その医院にかかった時、扁桃腺に熱を持ちやすい体質だと言われていた。その当時の古いカルテを出してきて、今まで何事もなかったのが不思議だとも言われた。耳鼻科では一応抗生物質の薬を飲んでしばらく様子を見て、治らなかったら、大きな病院で検査する必要があると脅かされた。

私自身、そんな事には多分ならないだろうと何となく感じていた。そして一週間治療を受けたら随分楽になった。どうも大事には至らなかったらしい。

その時、喉の診療方法も進化した事を知った。喉の奥の方に内視鏡を入れて、テレビ画面に映して見せてくれたのである。

しかし口の中がまだおかしい。何かを食べた拍子にほっぺたの内側を噛んでしまうのだ。まだ変だ。何だろうと思って、今度は歯科医院を訪ねてみた。入れ歯を拵えてから数年になる。入れ歯の調子が悪いのかも知れないと思った。

歯科医では、下の入れ歯の調子を治してくれたが、まだおかしい。「上の入れ歯を作り替えてみましょうか」と言われ、お願いすることにした。

一週間ほどで出来上がった。その調整に二週間程かかって、やっと口の中のトラブルは治まったかのように思えた。

しかし、今度は目の調子がおかしい。花粉症のように目が痒い。季節的にも変だ。それに最近デジカメに興味を持ち始めて、接写とか望遠の技法にこり、目を酷使したせいもあり、目がもたもたして見にくいような気がしだしたのである。

これは一大事である。万一悪い病気だったらと思い始めたら、いても立ってもいられなくなり、内科の診察の予約を断って眼科医の診察を受けにタクシーで駆けつけた。散々待たされ、検査を受けた揚げ句、結局、花粉症と疲れ目ということだった。大山鳴動して、ネズミ一匹といった始末。

ついでに、改めて目の健康診断を予約して受けてみた。年齢なりの視力の減退はあったが、差し迫った手術などする必要はなかった。

今、振り返って考えてみると、この四月ごろからの体の不調はなんだったろうと思う。未だかつてこれほど短期間に色々の医院へ通った覚えはない。それもみんな首から上の異常ばかりである。すべて重要な病気ではなく、もう少し病気が進んで脳のほうまで侵略されなかったのは不幸中の大きな幸いかも知れない。

これから年を重ねると、こんなことも日常茶飯事になるかも知れない。

乳ガン

去年の暮れ、胸に鈍痛のような痛みがあった。気になって胸に手を当ててみる。別に押さえても何ともない。四週に一回通っている内科医に相談してみる。「ここは四年ほど前、階段から落ちて打った場所のように思うんですが」「四年もまえの打撲なら今頃痛くなるはずがないですよ」と軽くあしらわれた。しかし気にはなったが、そっとしておくことにしていた。

ところが何気なく左乳房に手を当ててみると少し堅い手触りがあった。乳ガンかもと思った。しかし痛くも何ともない。素人考え乍ら、ガンという恐ろしい病気ならもう少しぐらい体の何処かに異常を感じてもよいのではないかと、長年人間をやっているものだから、昔からの記憶にたどって考えてみる。しかしどうも変だと思って、いつもの内科医に聞いてみた。医師はその部位を触ってみて少し驚いた様子。専門外であるからと、「手紙を書きますからすぐ市民病院へ行って下さい」。私はぽかんとして「市民病院はこれからいっても診てくれますか」と訊ねる。「午前中に行けば間に合います」といわれ、タクシーで市民病院へ向かった。ガンだ！と思う気持ちでいっぱいだった。市民病院までの距離は相当ある。渋滞がもどかしかった。市民病院というところはやけに時間がかかる。問診とか何かと済ませていざX線。胸部や胃のX線写真はいやという程撮ったことがあるが「オッパイ」のX線写真は初めてである。「胸を出すだけで宜しい」と言われて、「あんまり大きくないんですけど」と言って乳房を機械の上に差し出すと上から機械が降りてきて、ぴったり挟みカシャッと写す。「これで良いですよ」暫く待って診察室へ呼び出され、「直径二センチもありますね。脇のリンパ腺に転移はありませんが、組織を摂ってみないと解りません」とまた別室へ。超音波の機械らしき部屋へ案内された。

もうそんな頃はどうにでもなれと、やけっぱちになってなすがままになっていた。もうほぼ乳ガン患者の心境である。「組織の結果が良性か悪性か判断するまで一週間かかります」と次の診察日の予約がなされた。

次の診察の日までどうして過ごしたか記憶にない。不安というよりガンに罹ったときの心構えなどを思い悩んだ。

結論としてガンで死ぬのは私にとって幸運ではないかと思う事にした。どうせ八十歳を超える歳まで生き延びたのだから命にとって不足はない。どういう形で死ぬかが問題である。死の方法を思い描いてみる。そしてガンで死ぬのも良いかも知れない。死を迎える前に少々痛いかも知れない。それを乗り越えれば、私には会いたい人が待っている。そしてずっと、ずっと……待ち焦がれていてくれる彼に逢えると思った。

途端に気楽になった。それまでに身辺を整理しておこうと思った。

そして、診断を受ける日がやってきた。そんな重大な診断を受けるには似つかわしくない部屋に通された。先生もそんな診断を下すような顔をしていない。

「貝谷さん、これは希にしか現れない現象ですが……」と言って、次のような結果を言い渡した。

「貝谷さんの胸のしこりはガンでも何でもなく、四年も前に階段から落ちて胸を撲った折り、肋骨のところで内出血をして、その血液が塊になって下へ下がって、乳房の袋に貯まって凝りのようになったのでこのまま放置して置いても何ら支障はありません」

階段から落ちたとき市民病院の整形外科で診断を受けているので私のカルテに病歴が記録されていた。

良性とか悪性とかの問題ではなく全く乳ガンとは関係なく、重大な宣告を受ける覚悟で診察室へ入ったのに、出るときは「私これからどうするのですか」と何とも間が悪い言葉しか出てこなかった。医師は「このまま外科の受付へ行って計算書と診察券を貰って会計で支払いを済ませて来て下さい」と言っただけだった。会計では二十円ほど払って市民病院とは一切関係なし。乳ガンが疑わしいと宣告を受けてから約十日間の私の緊張は何だったろうと思った。もう八十歳を過ぎているのでどんな死の宣告も驚かないぞと常々折に触れ自分自身に言い聞かせてきたが、つい先ほどまでの乳ガンが思いもかけない結末になってしまったので、ただ憮然として病院を出た。

結論から言えばただめでたし、めでたしということに尽きるかも知れないが、何ともはや、大きな肩すかしを食らったような虚脱感に襲われた。『死』ということを身近に覚悟していたのに、死神様が遠くの空で『あかんべえ！』をしているように思えた。

（二〇〇八年七月）

一宮市民病院にて

病名は肝臓細胞癌と診断された。昨年十二月に入院した時と同じ病名である。私の肝臓に巣食っていた癌がまた再発したのだ。

医師も「去年と同じです」と言っただけだった。

去年もそんな事があったなあと去年の暮れに入院したことを思い出した。それまで忘れてしまっていたので大して辛かったとは思っていない。

肝動脈塞栓術（リピオドリゼーション）という手術だそうな。平たく言うと足の付け根の動脈からカテーテルという管を肝臓まで通して肝臓に巣食っている癌を薬でやっつけるという手術だ。去年と同じことだから大した心配はしていない。

十一月二十八日に入院した。四人部屋が空いていないので個室に入った。

病棟の十階の一番東側の素敵な部屋だったので満足した。外を見たら正面に小牧山を望む絶景だった。夜明けに朝日がまともに拝めた。

新築の病院だから設備も行き届いていたので快適。気分も悪くなく、痛くも痒くもない病気なので、そこで一週間過ごすことは快適とは言えないまでも納得できた。

入院の翌日は早速午前中手術。移動用ベッドで二階の手術室に運ばれ、手術が行われ、それ以降は医師と看護師さんの指図通り。

翌日からは十階内を、次の日からは病棟内を自由に動くことができた。と、隣の個室の病室の名前を見て驚いた。女学校の同級生と同姓同名である。まさかと思った。

一宮在住の同級生は四人居るので、時には誘い合って昼食をしたり、何年かに一度は一宮で同級会を開いたりした仲だった。

まさかあのW・Uさんが隣室にいるとは思わなかった。それも神経内科である。神経内科とは認知症に関係がある科だと聞いている。色んな不安を秘めながら、思い切ってノックしてドアを開けてみた。まさしく私の友達のW・Uさんだった。

「やっぱりUちゃんだったのね。私は隣の部屋だったの」「……」なんとなく彼女の病名に不安感が走った。色々話すうち、千秋の病院へ変わらなければと言っていた。やっぱりと思った。

私は彼女の病室の入口で立ち話のまま隣の自分の部屋へ戻った。そして、彼女の病気のことを考えて、様々な思い出がよみがえった。そして反芻してみた。

彼女は女学校の一年生の時から同じクラスだったこと。そして彼女は名古屋市内の生粋の名古屋弁が喋れる所の出身だったこと。一宮へは繊維関係の家に嫁いできたこと。息子さんが早稲田へ入って間もなく始まった安保闘争に巻き込まれて大変だったこと。昨年彼女のご主人が亡くなったこと等々。

彼女の病状など考えて部屋へ訪れることを遠慮した。私たちの年を考えると、どういう形で最期を迎えなければならないか、思うことがいろいろあるが、近い将来少しずつは違うかもしれないけれど、行く先は同じだと思いながら、翌日彼女の部屋の戸をそっと開けてさようならを言って退院した。

ガン擬き（がんもどき）

今日、放射線科の先生の診察の日。無口な先生で私が質問したことしか何にも言ってくれない。

思い切って「何時まで放射線治療を受けるのですか」と尋ねてみた。カルテを見て「三月二日までです」六週間という最初の話と同じである。外科の先生も、日赤のセカンドオピニオンの時の先生も全くおなじだ。私が計算した日、丁度六週間、掛け値なしである。

病院の放射線治療室は旧病棟の地下一階で陰気な場所にある。院内の職員や入院患者の食事を作る厨房と同居している。

放射線という感じとこの地下の治療室は似つかわしい感じがする。

私の推測では、レントゲン室とかＣＴとか放射線関係の施設は様々な制約があるので新館に移動するには相当の準備がいるのかも知れない。

何しろ一階や二階の外来の環境に比べて格段の差がある。

そこを訪れる患者は総てガンに関係する患者らしく陰気な面持ちをしている。みんな自分の病気に対して不安と憔悴を背負って生きているという面構えである。

おしゃべり好きな私でも、どの人を見ても近寄りがたい顔ばかりである。

初めの一週間は放射線科の診察室へ辿り着くのに迷子になって、うろうろ廊下を回り歩き、エレベーターを乗り間違えながら放射線科の診察室にやっと辿り着いてほっとした。毎日毎日迷子の連続だったし、治療を受ける緊張もあって、自分の身辺のことなど考える余裕もなく過ぎてしまった。しかし、一週間も過ぎるとそろそろ私のおしゃべり癖が首をもたげて来て、まず毎日逢う人に声を掛けてみる。

私より五歳くらい年下かなと思ったら十歳以上も違っていたが、名古屋のがんセンターで手術を受けたが、名古屋まで毎日通うのが大変なのでこちらの病院で放射線の治療だけに通っているという人と話が出来るようになった。私と異なって左のリンパ腺まで取ったので後が大変だそうだ。同行のご主人ももう少し早く見つけてやれば良かったとご自身の責任のように話す。

男の人で車椅子で奥さんが付き添っている人は喉頭ガンか何かで、手術するのが嫌だから放射線にしたといっていたが、余り発音もはっきり聞き取れない程弱っていた。

患者の半数くらいは車椅子か介助者付きだった。私のように元気そうに立ち回るのは気が引ける程である。

放射線の治療に来る人たちは殆どが自分の症状を人に語りたくない問題を持っている人で、自分の治療を終えるとさっさと帰ってしまう。私のように余裕を持っておしゃべりするような人はいないことが判った。

私のように「元気なことが何故マイナス要因なの」と医師に詰め寄ったりする人はいないことが判った。

私は『ガン擬き』なんだと思った。

無言電話

電話番号を変更するとき、今まで変な悪戯電話が掛かって困っていると言うと「女性の名前で電話帳に載せるとそう言う弊害がありますから、差し支えがなかったら電話帳に載せないこともできます」と言われ、電話帳に載せないことにした。それ以来そんな変な電話はほとんど掛からなかった。

しかし、この半年くらい前から無言電話が掛かるようになった。初めのうちは無言電話と気がつかなかったので「どなた？」とか「何かご用ですか？」とか言っていたが、以前の悪戯電話の経験があったので、こちらの名前は自分から名乗らないようにしていた。

そんな無言電話が一日に何度も掛かるようになった。それも時間を選ばず。時には夜中近くに掛かる。何か緊急な電話かと不吉な思いで、ドキドキしながら受話器を取ると無言電話である。辟易する。そんな電話が掛かってきたとき「馬鹿野郎！」と一喝してくれると効き目が抜群だと思うが、そんな声の持ち主はいない。しかし、向こうから時を選ばず掛かってくるので防ぎようがない。

掛かった相手の電話番号がわかる電話機があるというので、そんな電話機に変えようかとも思ったが、慣れない機械に変えるとまた操作方法を覚えなければならないので、それは携帯電話でこりごりだ。それに変な悪戯電話の為に無駄遣いは馬鹿げているのでごめん被りたかった。

そこで、電話の掛かりそうな知人にあらかじめお断りしておいて、電話が掛かっても相手の声を確かめてから、こちらの声を出すようにして、何も聞こえなかったら受話器を黙って切るようにした。しかし、それでも性懲りもなく掛かってくるので、夜になると電話のベル恐怖症になってしまった。

このままではと思い直し無言電話が掛かったら、こちらも無言で挑戦しようと思いつき、受話器の子機を枕元に置いて、受話器を取って無言電話とわかったらこちらの物音を立てず黙って受話器を外してなるべくこちらの音を出さず、放置しておくことにした。暫くすると、受話器から「ぴぃー・ぴぃー」と警報音が鳴る。向こうが電話を切った証拠である。それから初めて受話器を下ろす。それでも何度も無言電話が掛かったが何回かやりとりをしているうちに少し面白くなった。あちら様も無言で攻めてくるならこちらも無言で応戦しようと思った。無駄な電話料がそれだけ余分に掛かるので電話を切るらしい。

きっと年齢なんか判らないので女性の声を聞いて何かの楽しみにしているのだろうと思う。だから無言の電話では何の慰めにもならないので、あちら自ら受話器を下ろすのかも知れない。

しかし、いつの間にか無言電話がかからなくなった。まるで『にらめっこ』に勝ったようで少々爽快な気持ちになった。

ひな祭り

子供の頃のひな祭りとか端午の節句はすべて旧暦でおこなわれていた。漁師町だったので、漁業に携わっていた家は正月さえも旧暦で祝っていた。

私の知っているひな祭りは遥かな昔になってしまった。

子供の頃のひな祭りは『おしもん』づくりから始まる。二月の終わり頃になると、米の粉を熱湯でこね、型に押し、蒸籠で蒸し、色を付けておひな様のお供えにする。

今ではスーパーなどでその真似事のような団子がひな祭り近くになると店頭に並ぶことがあるが、それとは全く似て非なるものだった。

我が家は家業の関係で『おしもん』をたくさん拵えて得意先の家庭に配る習慣があった。青竹で編んだ籠に檜の葉を敷いて、鯛とか甘鯛等のりっぱな魚介類などや、桃、琵琶や筍などを形取って彩色した『おしもん』を詰めて、それぞれ得意先に配ったものだった。それは戦争が激しくなり、米の配給制度が始まるまで続いた。昭和十三年頃までだったと思う。それまでは、明治時代いやそれ以前からの伝統を受け継いだ行事だったかも知れない。もう現在は説明不可能なくらい生活様式の全てが変化してしまっている。

そのほか、正月の餅つきの時に『へぎ餅』と称して火であぶって延ばすせんべい雛あられなどは、商家だった我が家では、ひな祭りに備えて、すべて家で作っていた。

ひな祭りが過ぎてもしばらくは『おしもん』を水につけておいて適当に切って、お餅のように火鉢の五徳に網をのせて焼いてたまりをつけたり、茹でてきな粉をまぶしておやつにして食べた。せんべいや、雛あられもしかりである。戦前のまだまだ食料が豊かな時代だった。今から考えるとまるでおとぎ話のような、隔世の感がある。それほど世の中は急激に変化してしまった。そんな愚痴を聞いてくれる人もいなくなった。

昔のことを懐かしがっても、それが懐かしい味だったとしても、とても現在に再現するのは不可能になってしまっている。ふとしたときに懐かしがって独り過去の思いにふけるのも良いかも知れないが……。

早朝から一所懸命キーボードを叩いていると、ル・クルーゼの鍋で、朝食の美味しいミネストローネが煮えて、美味しい匂いがする。食パンが芳しく焼きあがっている。

こんな美味しい朝食を摂ることの幸せを遠くの昔あの世へ逝ってしまった人に食べさせてあげたいと、しみじみ思う。

ひな壇の華やかさや、おひな様のご馳走は再現できなくても、私はそれなりに幸せである。

今年の旧暦のお節句は三月三十一日である。長い間押入に片付けておいた木目込み人形のひな人形を飾ってみよう。そして今まで長生きしたご褒美に、とびきり美味しい洋菓子でもお供えして、カロリーのことなど忘れて、ひな祭りをお祝いしよう。一緒に祝ってくれる人がいてくれたら嬉しいけれど、いなくても長年の独り暮らしに慣れた私、寂しさなんか吹き飛ばしてすごそう。

飛行機雲

朝から久しぶりにKさんに電話する。女学校の同級生である。友達の中で最も肝胆相照らす仲だ。お互いに大正十五年生まれの、いい年だからまず安否を尋ねる。声を聞いただけで、無事を覚り「良かった」と思う。次に私の無事を伝える。それが何よりの挨拶である。

この頃文章が書けなくて辞めたいとぼやいたら「あなたが文章を書くのを辞めたらきっとボケるから、続けた方が良い」と言ってくれた。

諸々な世間話の後で、ちょっと驚いたことは、同居している彼女の姪の息子が、可笑しなことに、海軍にはまって、休みの日には泊まりがけで横須賀へよく行くようになったそうだ。戦艦三笠に乗ったり、海軍のグッズを買ってくると言うのである。

「東郷元帥のZ旗の事や『皇国の荒廃この一戦有り』を教えてやったらどう?」と言って大笑いになった。兎に角元気だった。

それから、海軍と聞いてMさんを思い出した。彼女も女学校の同級生で、一宮在住である。亡くなったご主人は、結婚前海軍で航空母艦『飛龍』に乗っていて、ミッドウェー海戦で撃沈され、しばらく横須賀海兵団に居たという事を思い出して、電話をかけた。彼女とは観音崎にも行ったことがあるし、三笠にも乗った。随分逢わなかったので逢いたいと言ったら、最近目の具合が悪くて眼科医にかかっているとのこと、それよりもWさんに電話しなさいとの事。彼女も同窓である。早速電話して見ると、元気だったが、十九日に一宮市民病院へ診察を受けに行くと言っていた。私もそんな頃に市民病院へCTの検査のあることを思い出し、調べてみると偶然にも丁度その日だった。

科名は違っていたが予約時間もほとんど同じだった。早速病院内で待ち合わせることを約束する。こんなこともあるものよと不思議に思う。

もう一つ電話をしてみた。Uさんである。こちらはずっと年下である。チャーチル会に居た時の会員だった友達である。この人は幸せを絵に描いたような人で、近々ご主人とメキシコと最近アメリカと国交が回復したばかりのキューバへ行くと言っていた。

好奇心の旺盛なご主人のお伴だそうだ。

尾張一宮駅の三階シビックテラスに陣取ってこの原稿の下書きを書いていると、東側に大きく開いた窓から素晴らしい青空を望むことが出来る。

その青空に軽々と巻雲が浮かんでいる。駅前のビルとビルの間から、遥か小牧空港から飛び立ったと見える飛行機雲がこちらに向かって弧を描いてくる。

（二〇一五年九月）

グループホームに入居して

白鳥公園

朝食後、スタッフの男の子が

「今日花見に行きませんか」部屋へやってきた。

「白鳥公園じゃあつまらないから」

「僕も行くから行きましょうよ」

「あなたも行くのなら行っても良いわ」

彼はスタッフの中でも若くて感じのよい子だからである。

今日行くメンバーは予定されていたらしく各々タクシーに乗込んで出掛けた。道は東海道線沿いにスーパー・イオンの前を通り東海道線と名鉄線を渡って高蔵の坂を上り堀川を渡り白鳥公園に着いた。そこは桜の真っ盛り殆ど八分咲きか満開に近かった。

更に堀川を少し遡ると、川の西側に視界が開けそこには立派な建物が数棟建っていた。それは、名古屋学院大学だった。なんでも学費が高いので有名だとか。名古屋学院大学と言う大学は耳慣れない大学だったので、名古屋をしばらく離れて住んでいたので新しい大学が出来たのを知らなかったのも無理は無いと思った。

少し時間は早かったが、その大学の外側に手頃な空地がありそこの材木を並べテーブルと椅子が拵えてあったのでそこで昼食をとることになった。

ホーム長が自ら朝早くから拵えられた割子弁当だった。美味しかった。

堀川の下流には私が生まれて二十年間過ごした故郷がある。


（二〇一八年四月）

朝の三階風景

朝目覚めるとすっきり晴れた青空、窓を開けると冷房には感じられない涼しさ、やはり自然は確かに素晴らしい。真っ青な青空、昨日までの集中豪雨は何処へやら、とうとう夏が来た。遙か向こうのスーパーの三階の駐車場も、其の向こうの背高のっぽのマンションも青空にみんな浮かんでいる。なんと気分の良い朝だろう。

西側を通る、東海道線の向こうのお寺から鐘の音も長閑に聞こえてくる。

冷房では味わえないさわやかな風が部屋へ吹き込んでくる。道の向う側の建物の窓は冷房をしているのだろうか全部閉め切っている。静かな朝だ。直ぐ目の下の有料駐車場はまだ満車になって居ない。前の道は、人通りはない。これから梅雨も明けて暑い夏がやってくるだろう。


（二〇一八年七月十二日）

おはじき遊び

この老人ホームの午後二時、おやつを食べた後、カラオケとか、体操とか陶芸教室とか、教養や遊びのようなことをして時を過ごす。その遊びの中に最近おはじき遊びというのがある。子供の頃に遊んだあの『おはじき』である。そんな遊びを全く知らない人も居たが私を含む四、五人は子供の頃を思い出して早速始めた。

簡単な遊びなので誰にでも出来た。しかし子供の時のように指先が細くしなやかでないので、直ぐ失敗してしまう。

失敗する度に大声で笑うので他でお話している人に顰蹙をかったかも知れないが、其の人たちも私達のように子供の頃に帰って大声をだして遊びたかったかも知れない。

何しろ小学生の頃の遊びだから、出身地も違うので様々な意見も出て喧々諤々それぞれにおしゃべりをしながら、勝った負けたで大騒動で時を面白く過ごした。

（二〇一八年九月二十一日）

◇「一人暮らし」京子の戯言

伯母は一人で暮らしているという気軽さからか、自分のやりたいことをやりたいようにやっているというように、私の目に映っていた。

一番印象に残っているのは、なんといってもコンピューターだ。小さいテレビのような姿をしたものが机の上に置いてあり、その前にはアルファベットが書かれたキーボードが置いてある。伯母が教えてくれた通りに、キーボードのアルファベットを指で叩くと、暗いモニター画面に文字が白くチカチカと浮かび上がり、いくつかの文字を打ち終わった後に、エンターキーを押すと、ぱっと画面が変わって、花火のようにいろいろな色の点々が散らばって広がっていく。伯母はコンピューターは命令を間違えなければ、ちゃんという通りに動いてくれる、ｉｆとｇｏで命令すればいろんなことができるようになると、こともなげに言うのだった。

絵を描くのも好きだったようで、写生した絵をいくつか見せてくれもした。親指と人差し指で枠を作って、その枠の中に何を入れたらいいかじっくり見るということをふわっと言ったり、絵の具の色を混ぜると面白いと教えてくれたりした。年賀状は草書の筆書きで、絵も添えられていた。伯母のように生きられたらいいなあと漠然と思っていた。一人で生きていく自信はなかったけれど、できるかもしれないという思いにさせてくれる存在ではあった。

この章は、伯母がどんなふうに人生を生きてきたのかにフォーカスした。楽しいことばかりではなく、一人暮らしで病を経験した時の不安もあれば、友との関わりの中で一生独身だった自分と友とを比べて悶々とする思いも吐露している。

実際のところ、『後藤さんの幻影』という文章を本の形として残すべきかどうか、最後まで悩んだ。逡巡に逡巡を重ね、パソコン上で消しては元のデータをコピペするということを繰り返した。後藤さんもすでに亡くなっていること、そして伯母が亡くなったことで、やっぱり載せようという気になった。

伯母はかなり合理的な視点で世の中を見つめていたように思うし、自分自身を客観的に眺める目を持っていた。病を得ても、ただ嘆き悲しむようなことはなく、笑い飛ばしてしまうおおらかさもあった。

自分自身の最期は生まれ育った熱田で迎えたいと心に決めて、九十歳になる年に熱田区にあるグループホームに入居した。ホームに入ってからもパソコンに向かい、充実した「一人暮らし」を文章にしたためる伯母の生き様は大したものである。

エピローグ

貝谷 京子

その日は突然やってきた。

二〇二二年十二月の初め、介護保険の契約を更新するために伯母の部屋を訪問した。伯母はケアマネさんから介護度が上がったことの説明を聞きながらふんふんと頷き、「もう、ダメだわ」と言いつつも自分でサインをした。その二日後に救急搬送されて入院。そして、その一週間後に帰らぬ人となってしまった。一カ月前には鶴舞公園の紅葉を見ながら「死がおそがい（「怖い」「恐ろしい」を意味する名古屋弁）」と言っていたのに、こんなにあっけなく逝ってしまうとは伯母自身も思っていなかっただろう。

『戦争と私』の出版を決めてからの約三年間は、伯母の終の住処となったSOMPOケア ラヴィーレ熱田に毎月のように通っていた。病院への付き添いもあれば、お菓子が欲しいとねだる伯母へお菓子を持っていったりもした。テレビの取材が始まってからは、さらに訪問頻度が増えた。ホームで暮らしている方たちの顔を覚え、職員の方とも親しくお話しさせていただくようになった。伯母がホームで気兼ねなく幸せに生活できていることを嬉しく思っていた。

せっかく伯母が繋いでくれたご縁を、伯母の死によってぱったりと途切れさせてしまうのは寂しすぎる。死後の手続きを終えた時、私は施設長さんに「このまま、これでおしまいにするのは忍びないので、もしできたらこちらで何かボランティアをしたいのですが」と切り出した。自分の思いつきのお願いだったにも関わらず、施設長さんは快諾してくださった。そうして傾聴ボランティアとして月に一度、ホームで暮らす高齢者の方のお話し相手をするようになった。

伯母以外の方との出会いもまたありがたいご縁といえる。

子どものころ、伯母からも父からも戦前の話を聞かされた。貝谷のうちは代々魚市場で仲買をやっていて、とても羽振りが良かった。家にはお茶室があって立派なお茶の道具が揃っていた。二階に上がる階段には引き出しがついていた。戦争で焼けなければ……というような話で、そのあとのいわゆるどん底の話はあまり聞くことはなかった。

何しろ私自身子どもだったし、戦争も、魚市場も私が生まれる前のことだから、さほど興味を示すこともなく、ぼんやりと聞いていた。伯母や父が話題にしたあたりは公園になっていて、魚市場など影も形もなかった。当然のことながら、昔を偲ぶなんてことはあり得なかった。子どもというのはそういうものだ。ただ、私くらいの年代だと、小学生のころまでは、縁日になると手や足を失った傷痍軍人が、道端に座って物乞いをしている姿がたびたび見られた。そういう意味では戦争はまだ身近にあった。高校に上がるころになると、親も伯母も次第に昔語りはしなくなり、戦争は「歴史」になってしまった。それが、伯母と再び出会い、伯母の文章に触れたことによって、戦争だけでなく、魚市場もぐんと私の身近に迫ってきた。

一昨年（二〇二一年）の夏、私が新型コロナ陽性になり、一緒にいた伯母が濃厚接触者となり、二週間部屋から外に出られない事態になってしまった。外出好きの伯母が部屋に閉じ込められることになった。伯母は自分がどんな状況におかれているのかわからなくなって、「私どうかなっちゃった」「どうして、こんなところにおるの」と毎日のように電話をかけてきた。私だけではなく、私の父や自身の妹、私以外の姪にも頻繁に電話をしていたようだ。数か月後には、もともと患っていた肝臓がんも進行し、腹水がたまって入院することになり、伯母の心の変化に追い打ちをかけた。

それ以降の伯母は、昔のことなど思い出して語り始めても、私がその先を促すように質問すると、「わからん」とか「忘れた」と言うことが多くなった。そうして、尋ねてもいないのに、戦前伯母が過ごしていた通りの家の並びを繰り返し口にした。「貝孫さんでしょう、文盛丸、石原さん、大森さん、島本さん……」そうして、「今でもちゃんと覚えとる、目に浮かんでくるもんね」と目を細めるのだった。そうかと思うと「本当に何をやっとるかわからんようになっちゃった」とも訴えた。心と体と頭の中のいろいろな作用が一つにならない苛立ち、どう表現したらいいのかわからないもどかしさ、それが「老いる」ということなのだと、私は伯母の姿を目の当たりにして思った。

プロローグにも書いたように、ドキュメンタリーの取材中に伯母のファイルから未読の原稿を見つけたことが、この本を出すきっかけとなった。それまでは、熱田の魚市場あたりで子ども時代を過ごした［　］話ぶり、戦争で全てが変わってしまったこと、そして、年老いた今を描いた小説を、私は書きたいと思っていたのだ。ディレクターの菅原さんに、伯母を描いた小説を書くつもりだと打ち明けたら、彼は「けれど、それではフィクションになってしまう。アキ子さんの生き方をフィクションではなく、ドキュメンタリーとして私は描きたいと思うのです」と言いきり、テレビの映像として残してくれた。

伯母の文章はまさに伯母のDNAそのもので、伯母の本心、真実のエッセンスだ。思い出語りもあり、多少のフィクションが入っているかもしれないけれど、伯母自身のエゴ・ドキュメントとして本となって世に出ることで、次の世代にも引き継がれていくと確信している。そして、いつのことになるかはわからないが、小説は小説で書き上げたい。伯母の話から戦争前の日本を知り、戦争から戦後の大ドンデン返し、高度成長期もバブル時代も見てきた世代の生き様を物語として描けたら、今を生きる私たちがどんな時代を生きてきたかを見つめ直すきっかけになるだろう。フィクションはフィクションとしての力を持っていると信じている。

今回も出版を快く引き受けてくださった桜山社の江草さん、そして、取材のたびに「原稿どうなってますか」と声をかけてくださったメ~テレの菅原さん、ありがとうございました。

（二〇二三年四月）

貝谷 アキ子（かいや あきこ）（大正15年〜令和４年）

名古屋市南区木ノ免町（現熱田区木之免町）生まれ。「熱田っ子」として育つ。名古屋女子商業学校（現市邨高等学校）卒業。20歳になる直前に終戦を迎える。高校卒業後、住友金属に勤めるが敗戦により解雇。昭和20年３月12日の空襲で焼け出され、母の実家があった一宮へ。一人暮らしを貫き、戦後就職した株式会社森吉倉庫で定年まで勤め上げる。平成28年、生まれ故郷である熱田区内のグループホームに移り住み、令和４年12月96歳の生涯を閉じる。著書に『戦争と私』（桜山社）。

貝谷 京子（かいや きょうこ）（昭和36年〜）

名古屋市熱田区出身。南山大学文学部人類学科卒業後、中学校教師、フリーライター、知的障害者施設支援員、日本語教師、外国人行政相談員などに携わる。平成の30年間、「Watakushi つうしん」なる自分勝手なニュースレターを友人知人に宛てて計１５０号送り続ける。オーストラリアの小学校での日本文化紹介活動（１９８９年〜１９９０年）、アルゼンチンでのＪＩＣＡ日系社会短期シニアボランティア（２０１４年）活動を通しての異文化体験をもとに『オーストラリアだより』（近代文藝社）、『ポジティボ』（幻冬舎）を自費出版。

装　丁　三矢 千穂

老いて生きる覚悟
伯母の生きてきた道　私の生きる道

２０２３年６月５日　初版第１刷　発行

著　者　貝谷 アキ子
　　　　貝谷 京子

発行人　江草 三四朗
発行所　桜山社
〒４６７-０８０３
名古屋市瑞穂区中山町５-９-３
電話　０５２（８５３）５６７８
ファクシミリ　０５２（８５２）５１０５
https://www.sakurayamasha.com

印刷・製本　モリモト印刷株式会社

ISBN978-4-908957-25-3 C0095

桜山社は、
今を自分らしく全力で生きている人の思いを大切にします。
その人の心根や個性があふれんばかりにたっぷりとつまり、
読者の心にぽっとひとすじの灯りがともるような本。
わくわくして笑顔が自然にこぼれるような本。
宝物のように手元に置いて、繰り返し読みたくなる本。
本を愛する人とともに、一冊の本にぎゅっと愛情をこめて、
ひとりひとりに、ていねいに届けていきます。